www.actes-sud-junior.fr

Éditeur : François Martin.
Conception graphique : Christelle Grossin et Guillaume Berga.

ISBN 978-2-7427-7969-7

Loi 49-956 du 16 juillet 1949 sur les publications destinées à la jeunesse.

JEAN-PHILIPPE BLONDEL

AU REBOND

ACTES SUD JUNIOR

À Éva et Lola.
Et à Christian Conrad.

1
MARS, PREMIÈRE SEMAINE

D'ABORD, IL Y A LE SOUFFLE. Le souffle et les battements du cœur dans les oreilles. Le bruit sourd et répétitif, la ligne de basse d'un morceau de rock, un rythme lancinant. Et puis le souffle, oui. Juste le souffle. Détaché. Couvrant les autres sons. Couvrant le son mat de la balle qui rebondit sur le parquet. Même celui des baskets qui crissent au gré des déplacements des joueurs. Celui des appels mi-angoissés, mi-énervés de mes coéquipiers et de l'entraîneur, sur le banc, au bord du terrain. Je n'entends que mon souffle. Je ne ressens que la balle. Elle va et vient. Elle passe de ma main au sol, elle heurte le parquet et puis revient me caresser la paume. C'est un mouvement qui m'hypnotise. C'est un mouvement qui me berce. Je sens aussi les gouttes de sueur dans mon dos et sur mes tempes. Je déteste être en sueur. La seule exception, c'est ici, dans le gymnase, le mercredi et le samedi après-midi, lors des matchs de basket. Le souffle, le bruit de la balle, le cœur qui tambourine, je cherche des yeux mes partenaires. Je suis comme hors de moi. Je ne sais pas vraiment l'expliquer. C'est comme si je me détachais de mon corps et que j'intégrais un autre espace. Je ne souffre pas de douleurs dans les jambes, ni de celles qui devraient me vriller les épaules après le choc de tout à l'heure. Je suis là, les deux pieds arrimés au sol et le corps pourtant presque aérien, je maîtrise la balle, le temps et l'espace, et les autres patientent, ils attendent de savoir qui sera choisi.

Christian se démarque. C'est à lui que je fais une passe. Je sais qu'il va courir plus vite que les autres vers le panier adverse et qu'il va marquer. Christian ne manque jamais aucun panier en mouvement. Moi non plus, d'ailleurs. Les seuls tirs que je rate, ce sont les lancers francs. Trop de pression. Trop d'attente de la part des autres. Trop de peur de décevoir. Alors, je déçois.

C'est ça, je déçois. Régulièrement.

Je déçois ma mère parce que je ne travaille pas assez bien, parce que je ne suis pas assez serviable, parce que je ne sais pas faire plaisir, parce que je n'ai pas débarrassé la table du petit-déjeuner, parce que je me retire quand elle veut me faire un câlin. Je déçois ma mère surtout parce que je ressemble à mon père. Je déteste quand elle dit ça. En fait, je n'ai aucune raison de détester cette phrase, parce que mon père, je ne le connais pas. Il a pris la poudre d'escampette quand j'avais un an, apparemment à cause de moi, parce qu'un bébé, ce n'était pas dans ses *plans*, dans ses *projets*, et puis que je braillais tout le temps ; les trois premiers mois, il paraît que c'est normal, un bébé, ça pleure, alors il a pris son mal en patience, mais je ne me calmais pas, quatre mois, cinq mois, six mois, il paraît que j'étais anxieux, un bébé anxieux, il ne savait même pas que ça existait, et ça lui a fait péter les plombs, d'autant qu'après, j'ai commencé à faire mes dents. Ce qui est drôle, c'est que maintenant, j'ai des dents impeccables. Pas une carie, rien. Je me les lave trois fois par jour et je passe même le fil dentaire. Je déteste avoir des débris entre les dents, j'ai l'impression alors que c'est tout mon corps qui est sale, je pense à ceux qui me regardent et qui se disent "Il a les dents pourries", qui détournent les yeux, lentement, l'air de ne pas y toucher.

En fait, je ne sais même pas si tout ça, c'est vrai, pour mon père, je veux dire. C'est peut-être simplement parce qu'il n'aimait pas ma mère, qu'il ne l'avait jamais aimée, qu'il s'était retrouvé dans une drôle de position, à un peu plus de vingt-deux ans, elle enceinte et lui obligé d'endosser un rôle dont il ne voulait pas. De toute façon, ça revient au même. On ne laisse pas tomber un môme. À la limite, on laisse tomber la mère, et on continue à garder le contact avec son gamin. Mais pas lui, non. Pffft, disparu. Il y a quelques années, un cousin a raconté l'avoir vu en région parisienne. Je me suis dit que j'allais me mettre à sa recherche, et puis non, finalement. J'avais autre chose à faire. Il fallait que je déçoive. Décevoir, c'est une occupation à plein temps.

Au bahut, ça ne se passe pas si mal que ça. Je sais reconnaître quand ça devient limite – les notes, les appréciations. Je sens le vent qui tourne dans le regard et les réflexions des profs – le moment où tu passes du rôle de glandeur sympathique à celui d'emmerdeur à temps complet – celui dont on aimerait se débarrasser. Et là, je redresse la barre. Je récupère la moyenne. Je traîne un peu dans la classe et j'attends que le prof m'adresse la parole. Généralement, il ou elle commence par un truc comme "Tu as fait des progrès, tu sais" ou "C'est mieux, en ce moment" et alors, il faut embrayer sans avoir l'air de se lamenter, sans regarder dans les yeux non plus, rosir un peu et annoncer d'une voix froide que c'est sans doute parce que ça va mieux à la maison, je raconte l'histoire du petit enfant abandonné par son père, qui vit avec sa mère qui n'a pas beaucoup d'argent et qui rentre tard le soir, passablement déprimée. À ce moment-là, il faut esquisser un petit sourire triste, mais vaillant, et ajouter un truc comme "Mais enfin, je ne suis pas à plaindre", ou "Mais j'aime pas parler de ces trucs-là, ça ne regarde que moi", et alors l'autre, il est comme deux ronds de flan, il ne sait plus où se mettre, il hoche la tête, et tu le laisses mariner dans sa honte et tu quittes la salle la tête haute, genre je fais face à toutes les situations, je suis un Fils Courage. Au conseil de classe du troisième trimestre, ça ne fait pas un pli. C'est comme ça que je suis passé en seconde générale.

J'ai longtemps hésité entre la seconde professionnelle et la seconde générale. Entre faire une formation qui me permettrait de trouver un boulot tout de suite ou suivre le mouvement qui m'emmènerait jusqu'au bac. Si j'ai opté pour la deuxième solution, c'est que je veux encore avoir le temps d'y réfléchir. Ils sont marrants, les profs, les conseillers d'orientation, les parents – ils stressent, ils veulent qu'on leur dise tout de suite dans quelle case on va pouvoir nous placer, heureux et satisfaits, jusqu'à la fin de notre vie. Moi, j'ai envie d'espace. C'est ça, d'espace. C'est ce qui me manque le plus. Chez moi, c'est tout petit, un appartement de quarante mètres carrés où on se marche tout le temps sur les pieds, même si on n'est que deux à l'habiter. Entre ma chambre et celle de ma mère, il n'y a qu'un mur fin comme du papier à cigarettes. Je connais toutes ses conversations avec ses collègues. Je connais tous ses moments de déprime. Je sais même quand elle a ses règles et quand elle essaie de se donner du plaisir. Je sais surtout que c'est une des raisons pour lesquelles elle se lance rarement dans des histoires d'amour, ou simplement de cul. Parce qu'il y a le petit à côté. "Avec le petit à côté, tu comprends." Parfois, j'ai envie de hurler que le petit à côté, il ne rêve que de ça, qu'elle s'éclate un peu et qu'elle me lâche la grappe. Mais ce serait reconnaître que j'entends tout ce qu'elle raconte et tout ce qu'elle fait, et ça, je crois que je ne pourrais pas le supporter. Nous faisons semblant ensemble de vivre dans un château de dix-huit pièces et de ne rien connaître de l'intimité de l'autre.

C'est pareil pour moi. Je ne me vois pas ramener une fille à la maison.

Jusqu'à présent, j'ai botté en touche. Je ne sors jamais assez longtemps avec mes copines pour que l'idée de venir chez moi leur traverse l'esprit. Et puis même, à quinze ans, ce n'est pas une obligation. Pour tout dire, j'angoisse un peu de me sentir vieillir, à cause de ça. Parce que dans dix mois, j'aurai seize ans, que dans vingt-deux mois, j'en aurai dix-sept, et que tout se complique quand les baisers ne suffisent plus et qu'il faut trouver un endroit où se mettre nu. Généralement, c'est chez le mec, parce que les pères des filles piqueraient une crise si les rapports sexuels de leur petite chérie se passaient sous leur toit. À la limite, elles font ce qu'elles veulent, mais pas chez leurs vieux. Je ne sais pas pourquoi je pense à tout ça.

Je ne sais surtout pas pourquoi je n'arrête pas de penser depuis quelque temps. J'ai l'impression que je ne pensais pas autant les années précédentes. Quand j'étais enfant, j'avais à peu près autant de réflexion qu'un champignon. Enfin, si ça se trouve, ce n'est même pas vrai ; si ça se trouve, c'est juste que je ne m'en souviens pas, et ça aussi, ça me dérange – d'oublier. D'oublier comment j'étais, ce que je pensais. Mon grand-père, le père de ma mère, dit toujours que ce qui est important dans la vie, c'est d'être fidèle à ce qu'on était, à ses idéaux, à ses convictions – mais comment est-ce qu'on peut rester fidèle si on oublie tout au fur et à mesure ?

Je cours. J'occupe tout l'espace du terrain. L'espace. Oui, c'est ce que je viens chercher ici. Un terrain pour moi. Un terrain que je partage avec d'autres mais sur lequel nous évoluons les uns à côté des autres, en train de coopérer pour atteindre le même but. Ce que j'aime dans le basket, aussi, c'est qu'on n'a pas le droit de toucher l'adversaire – sinon, il y a faute. Ce qui fait qu'on n'étouffe jamais. Et que, lorsqu'on se heurte, comme tout à l'heure, c'est juste un accident. La seule chose que je regrette, c'est qu'on ne joue pas plus en extérieur. Enfin, qu'on ne joue pas de matchs de compétition en extérieur. Parce que pour ce qui est de s'entraîner dehors, on s'entraîne, Christian et moi.

Nous nous retrouvons au stade qui est à côté du lycée. Pas le luxe. Du goudron à moitié défoncé, avec des touffes d'herbe qui s'étranglent dans les fissures du bitume. Des paniers à moitié rouillés – et jamais personne d'autre que nous. Mais c'est ce que j'aime, aussi. Être là, quand le jour commence à baisser. Faire des passes. Courir jusqu'au panier. Et, entretemps, parler un peu. Le sport, ça permet avant tout de parler à ses amis.

Encore qu'"amis", c'est un drôle de mot.

C'est comme "amour".

Ce sont des mots que je n'ai pas l'habitude d'employer.

J'utilise "copain", "camarade", "pote" – je peux même m'embarquer jusqu'à "cousin" ou jusqu'au verlan –, mais "ami", c'est trop bizarre. C'est un mot adulte. J'espère que je vais m'en servir plus tard – et beaucoup – mais pour l'instant, je le tiens à distance.

Je me tiens à distance. Julien me passe la balle.

Dès que j'ai la balle, les mêmes sensations. Du plaisir. De l'excitation. J'essaie de ne pas réfléchir à tout ça, mais j'y pense quand même. Pourquoi est-ce que j'aime autant me sentir maître de cette balle, la sentir obéir à mes impulsions et aux ordres que lui donnent mes doigts ? Et là, les deux pas, la feinte sur la gauche, le panier qui approche, l'impulsion – l'impression pendant deux secondes que cela ne s'arrêtera pas, qu'on décollera, qu'on dépassera le panier, qu'on montera jusqu'au plafond, ce plafond qui s'ouvrira pour laisser passer le corps en apesanteur, c'est ça, en apesanteur, loin de tous les soucis terrestres – et puis soudain, réintégrer son enveloppe, apercevoir droit devant le filet et les adversaires qui tentent d'attraper la balle, mais la balle, elle est mienne, regardez comme elle m'obéit – elle touche le rectangle situé derrière le panier avec douceur et redescend dans le filet avec une certaine lenteur, avec quelque chose comme de l'abandon. Je me demande si les filles, quand elles se couchent à côté d'un garçon, avant que le garçon ne soit monté sur elles, si les filles, donc, connaissent le même soulagement. Si elles se glissent sous les draps avec autant de grâce que la balle dans le panier.

Une claque dans le dos. C'est Christian. Il est content. Nous sommes revenus à la marque en quelques minutes. Nous gagnons 22 à 20 pour l'instant. Moi, le score, je m'en fous un peu. Je m'en fous même carrément. C'est le truc qui énerve Christian. Je réponds mollement que l'important c'est de participer, mais ça le met en rage. Il réplique que c'est des trucs de perdants, ça, et que, quand on est lancé sur le terrain, on ne doit avoir en ligne de mire que la victoire. Je souris. Je reconnais des traits de son père chez lui. Je me dis que plus tard, il sera comme son paternel. Chef d'entreprise, grosse baraque, grand jardin, 4 x 4 de frimeur, femme un brin dépressive, un garçon pour héritier et l'envie intacte de liquider la concurrence et de gagner les contrats haut la main. En même temps, ça ne m'énerve pas, ces traits-là, chez lui. Moi, je ne suis pas comme ça, mais ça ne me dérange pas que lui le soit. Qu'il décide souvent pour moi, comment nous allons nous entraîner, la stratégie que nous allons adopter pour le prochain match – ou alors le film que nous allons voir, le prof que nous allons faire chier et celui que nous allons laisser en paix. Axelle, l'autre jour, m'a envoyé dans les dents que je n'étais qu'un suiveur. Cela ne m'a même pas vexé. Je sais pertinemment que je suivrai aussi longtemps que cela me conviendra et que je prendrai une direction différente quand je le voudrai. Je ne suis pas aussi faible qu'on le croit.

Et puis, je sais qu'Axelle voudrait sortir avec moi, mais que pour l'instant, je ne donne pas suite. C'est marrant, de ne pas donner suite, pour un suiveur. Alors, elle s'énerve contre moi. Le problème avec Axelle, c'est qu'elle fait passer tous ses messages par ses copines ou par les rumeurs du lycée. Elle n'a pas le courage de se planter devant moi et de me dire : "J'ai envie de sortir avec toi." Elle a trop peur du refus, de la – attends, c'était quoi le mot qu'on a appris en français l'autre jour, "rebuffade", c'est ça – de la rebuffade. J'ai bien aimé ce mot-là, ça m'a fait penser à un buffle énervé qui gratte la terre avec ses sabots, encore que je ne sais pas si les buffles ont des sabots. La prof, elle était hors d'elle, elle trouvait qu'on n'avait aucun vocabulaire (à part Éléonore, bien sûr), que c'était une catastrophe.

Je la regardais s'exciter du coin de l'œil. Je me suis dit que, dans les derniers jours, elle avait dû en essuyer une, de rebuffade. Je l'avais vue tenter de draguer le nouveau prof de SVT dans la file d'attente du self de la cantine. À mon avis, elle a été obligée d'abattre ses cartes et la rebuffade ne s'est pas fait attendre. Normal. Elle est aimable comme une porte de prison.

Je jette un coup d'œil sur les gradins. C'est ce qu'il y a de bien aussi, dans la salle de sports – les gradins. Au début, il n'y avait que quelques parents, des frères et sœurs des joueurs, et aussi les membres des équipes qui allaient jouer après. Mais depuis la fête qu'a donnée Christian chez lui, depuis cet après-midi qui s'est prolongé dans la soirée et dont on a eu du mal à décoller – depuis ce moment-là, oui, il y a davantage de monde. Des filles. D'autres garçons aussi. Christian est devenu populaire, et moi aussi, par ricochet. Et pas seulement par ricochet, je crois. Ce duo que nous formons attire les yeux et les amitiés. À nous deux, nous pouvons figurer un point d'ancrage. Nous pouvons agglomérer des individus, former des bandes – et tout le monde a envie de faire partie d'une bande. Ceux qui disent le contraire ont soit un ego surdimensionné, soit une tendance au mensonge hyper-développée. La bande, c'est l'essence de notre âge. C'est la seule façon de ne jamais être seul, à part le couple – mais les couples, nous les regardons dépérir et éclater chez nos parents, chez nos oncles et tantes, chez nos profs, partout.

Ma mère ne forme jamais de couple avec qui que ce soit d'autre que moi – et ça, ça me met mal à l'aise. J'essaie de le lui expliquer, parfois – mais je pars vite en vrille, je ne sais pas ce qui m'énerve tant que ça, son air de martyre quand elle me regarde, sa crainte, oui, sa crainte souvent, je vois qu'elle se recroqueville quand je me mets à crier, ses paupières se ferment, ses jambes tremblent et je la déteste quand elle fait ça. Je finis toujours par m'arrêter net et par sortir.

Christian m'a parlé une fois du désert de la Mort, en Californie. Je l'ai laissé dérouler son fil, je regardais par terre. Il racontait la grosse voiture climatisée, la sortie de Las Vegas, les kilomètres de *freeway*, il était parti, il était dedans. Il y était allé deux ans auparavant avec ses parents. Il attendait peut-être des encouragements à poursuivre, des exclamations, des hochements de tête. Je ne lui ai rien donné de tout ça. Je me concentrais sur le tapis brun de son salon, un tapis de qualité, ça se voyait, un truc qui devait coûter les yeux de la tête. Au bout d'un moment, il s'est arrêté et il s'est raclé la gorge. Il y a eu un moment de silence et puis il a simplement dit : "Pardon." J'ai haussé les épaules. J'ai répondu que ce n'était pas sa faute s'il avait plein de fric. Et surtout si moi, je n'en avais pas. Nous sommes restés un long moment comme ça, à regarder le jardin dehors, par la fenêtre de sa chambre. Et puis il s'est levé. Il a commencé à raconter. Pourquoi jusqu'à l'équipe de basket, il n'avait pas eu tellement d'amis. Il y avait bien eu des enfants qui venaient avec leurs parents, lors des soirées organisées par ses vieux. Mais ils étaient trop. Ou pas assez. Enfin, il ne savait pas exactement. Et puis, il y avait sa mère à lui. Sa mère qui, parfois, perdait un peu les pédales. Je fixais le bout de mes chaussures. Je comprenais que c'était la première fois qu'il en parlait à quelqu'un. De son père qui était toujours partout à la fois. Qui téléphonait d'Amsterdam. Qui ramenait des cadeaux de Manchester. Des parfums achetés dans les magasins d'aéroport. Des cartouches de JPS noires. Et puis des bouteilles d'alcool que sa mère descendait tranquillement les après-midi où elle s'ennuyait. Et elle s'ennuyait souvent. Elle n'était pas vraiment alcoolique, m'a-t-il expliqué. Elle ne buvait jamais jusqu'à en être malade. Simplement, elle essayait d'atteindre un état de légère euphorie. Un stade où son ennui s'embrumait. Elle oubliait de préparer le dîner, alors elle l'invitait au restau. C'était rigolo. Enfin, elle, elle trouvait que c'était rigolo. Elle forçait un peu son rire et cela faisait crisser les dents de Christian.

C'est pour ça surtout qu'il n'avait pas pu se lier d'amitié avec qui que ce soit. Il ne voulait pas que les relations avec les enfants des soi-disant amis de ses parents deviennent plus régulières ou plus approfondies. Parce que tôt ou tard, ils découvriraient le pot aux roses, la vieille qui se biture, et alors, toute la famille serait la risée du coin. À un moment donné, le père de Christian avait aussi invité ses employés et leurs rejetons, pour des barbecues ou des apéritifs dînatoires – mais avec ces enfants-là, c'était encore pire. Non seulement le secret ne devait pas transpirer, mais en plus, ils avaient une sorte de hargne sourde en eux. Contre le père de Christian qui obligeait leurs parents à faire des courbettes, à rentrer tard le soir et à tirer la tronche pendant le week-end. Ces enfants-là, de toute façon, n'étaient pas venus souvent. Le père de Christian s'était vite rendu compte de son erreur.

Le basket, c'est Christian lui-même qui avait voulu y venir. Tout seul. Son père aurait préféré quelque chose de plus classe – le tennis ou le golf, même. Ou alors, de l'exotisme, du football américain ou du water-polo. Mais il ne s'était pas opposé. Il tenait le sport en haute estime. *Un esprit sain dans un corps sain* et toutes les âneries du même genre. Lui qui ne faisait jamais un pet d'exercice et qui, de toute façon, n'en aurait pas eu le temps. Le basket, Christian y était venu aussi parce qu'il savait que je faisais partie de l'équipe et qu'il m'aimait bien. Parce que je n'étais ni fayot ni cancre. Que j'aidais les autres. Que je n'avais pas d'*a priori*. Que j'étais cool, comme on dit. Souvent, il souhaitait être à ma place. Là, je n'ai pas pu m'empêcher de rire. Vraiment. Je me suis écroulé sur son lit en hoquetant. J'en ai eu mal au ventre. Et lui, il répétait : “Quoi, quoi, qu’est-ce que j’ai dit ?” “Des conneries.” C’est ça que j’ai répondu. Des conneries. Des énormes conneries. Des conneries plus grosses que toi. Je contemplais le plafond de sa chambre. De cette chambre vide. Aucun poster sur les murs. Pas de photo sur le bureau. Je le lui ai fait remarquer. Il a haussé les épaules. J’ai dit qu’on allait la décorer un peu, sa chambre. Mettre de la vie là-dedans. Et puis, ce qu’on allait faire aussi, c’était d’organiser une fête. “Une fête ?” Ses sourcils en accent circonflexe et ses yeux écarquillés. Voilà. C’est moi qui ai lancé l’idée. Ensuite, je ne m’en suis plus occupé parce que Christian est un organisateur hors pair, une fois lancé. Il n’a rien délégué. Et la fête a été une réussite. Son père était à Francfort pour la semaine. Sa mère s’est éclipsée avant l’arrivée des invités et elle n’est rentrée que très tard. Entre-temps, le cours de nos vies avait été modifié.

Changement. La sonnerie qui retentit. C’est moi qui dois sortir – je suis remplacé par Jérémie. C’est un charlot, Jérémie. Il n’en touche pas une au basket, mais tout le monde l’aime bien parce qu’il nous fait rire. C’est même le seul capable de faire comprendre à Christian que tout cela, après tout, n’est qu’un jeu – et que perdre ou gagner n’a pas grande importance. Je regarde mes camarades jouer. Au basket, tout est une question de placement. Il faut sans cesse courir, pour être démarqué, seul, original – tout en attirant l’attention de ses coéquipiers pour qu’ils passent. Je crois que c’est ce mélange étrange qui me plaît – ce drôle de mix entre l'effort individuel et la réussite collective. Je me demande quel métier peut correspondre à ça. Christian, lui, sait déjà ce qu'il veut faire. Je me fous de sa gueule, j'ironise tant que je peux, mais je sais que ça ne changera rien : il suivra des études d'économie comme son père, il passera par les mêmes écoles select que son père et il sera embauché par les mêmes types d'entreprises au même type de poste – jusqu'au moment où il les dirigera, ces entreprises. Simplement, il n'aura pas d'enfants. Ce n'est pas moi qui le dis – c'est lui. Moi, je trouve ça bizarre de vouloir imiter son paternel quand on souffre de son absence – mais peut-être que c'est juste logique. À la décharge du mien, il est tellement inexistant que j'ai la voie dégagée, question imitation et orientation. C'est plutôt ça, le problème. Tout m'intéresse. Rien ne m'intéresse. À part jouer au basket, parler anglais, comprendre comment s'enchaîne un exercice de maths et pourquoi les Allemands ont perdu la Seconde Guerre mondiale. ES. Économique et Social. Ce serait la filière la plus adéquate pour moi. Mais pour faire quoi, après ? Du commerce ? Et du com merce de quoi, avec qui, à quel poste, à quel prix ?

Temps mort. Le coach est là. Il me secoue. Je dois remplacer Yoann, qui s'est pris un mauvais coup et dont le nez saigne abondamment. Je n'ai rien vu. J'étais dans les nuages. Drôles de nuages. Le bruit de mes baskets sur le parquet.

Le souffle – la respiration. Démarrer.

2
AVRIL, PREMIÈRE SEMAINE

LA DERNIÈRE LIGNE DROITE.

Les profs ont beau nous répéter que rien n'est encore joué et que tout dépendra du troisième trimestre, nous savons bien que ce n'est pas vrai. Personne n'est dupe. C'est bizarre, non, ces discours que tout le monde fait alors que chacun sait à quoi s'attendre ? C'est bizarre, ces rôles qu'on endosse et qu'on joue en souriant. C'est comme ces leçons de morale qu'on nous assène à tout bout de champ alors que ceux qui les assènent n'y croient pas une seule minute. Je crois que je n'ai pas encore bien compris comment fonctionne le monde.

L'école, ça, j'ai compris. C'est le plus important. Depuis trois quatre semaines, je sors beaucoup moins, je travaille beaucoup plus, et surtout j'apprends. Les notes ont, comme d'habitude, entamé leur ascension annuelle. Je me suis également mis à participer. Tout comme il faut. Et ça ne fait pas un pli. Dès que je lève le doigt, on m'interroge et je donne des réponses précises et adéquates. Les profs en sont tout surpris et tout émoustillés.

Il faut dire aussi que je suis plus attentif, en cours.

Normal, je suis seul. Christian est absent depuis quinze jours. J'ai téléphoné presque tous les jours, j'ai laissé des SMS, j'ai essayé de le contacter sur MSN – aucune réponse. Le blanc absolu. Je passe régulièrement devant la maison, mais les volets sont fermés. Au départ, je me suis mis en colère. Il aurait pu me prévenir. Ce devait encore être des vacances impromptues aux Seychelles ou à New York avec le père dans le rôle de Santa Claus, un grand sourire à quatre-vingt-quatre dents et un "Surpriiise !" sonore dans la cuisine : *Tu sais quoi, Christian ? Papa vient de gagner un voyage pour trois aux Bahamas grâce à son travail et à toutes les personnes qu'il a exploitées aux quatre coins de la planète ! Alors, ça te dirait de venir avec nous te faire dorer la pilule sur les plages de sable fin pendant que tes camarades triment et que des Noires et des Asiatiques s'échinent sur des métiers à tisser ? Oui ? Alors, saute dans mes bras, mon grand, on va au bout du monde !* C'est déjà arrivé. Christian me l'a raconté. Une fois au Canada pour voir les rennes l'hiver. Une autre en Martinique au mois de mai. Chaque fois, ses parents s'arrangent avec l'école. *Il rattrapera les cours, c'est une occasion unique, un véritable enrichissement culturel, vous comprenez ?* Tout le monde comprend. Surtout le proviseur qui rêve de s'en mettre plein les fouilles et qui fait bien la carpette devant les bourges.

Quand il me l'a raconté, Christian avait de la distance. Du recul. Beaucoup d'ironie. Mais je suppose que l'ironie fond facilement devant deux semaines sans lycée, à paresser sous un soleil inconnu et à se faire masser par des autochtones empressées. Je ne peux pas lui en vouloir. J'aurais fait la même chose. Ou pas. Non, finalement, peut-être pas. De toute façon, la question ne se pose pas. Je n'ai pas de père manager, consultant ou *executive director*. Je n'ai jamais vu de dollars ou de livres sterling autrement qu'en photo, sur les bouquins de classe. Et je ne m'en porte pas plus mal. Donc, soyons clairs : jaloux et furieux. C'est ce que j'étais. Rien que l'imaginer revenir bronzé et conquérant me hérissait le poil. D'autant qu'en son absence, nous perdions au basket. L'équipe paraissait démotivée, et les actions manquaient de cohérence. Nous avions besoin d'un leader, même si cela nous aurait fait mal de le reconnaître. Moi, le premier. Je répondais à toutes les critiques que cela n'avait rien à voir avec la disparition de Christian. Nous pouvions très bien nous débrouiller sans lui.

Sa disparition. La première fois que j'ai employé ce mot, il a sonné de façon étrange à mes oreilles. Mes entrailles se sont retournées brièvement et c'est à ce moment-là que l'inquiétude a pénétré. Insidieusement. Un goutte-à-goutte, comme à l'hôpital. Et les deux mots qui se sont mis à tourner dans ma tête. Et si… Et s'il était arrivé quelque chose ? Et s'il était malade, à l'autre bout du monde ? Et s'il était à l'hôpital, ici, sans que personne ne le sache ? – Non, pas possible, ma mère serait au courant. L'inquiétude a augmenté quand l'entraîneur m'a pris à part à la fin du deuxième match – celui que nous avions perdu avec douze points dans la vue. Il a attendu que les autres soient partis et puis il m'a retenu par le bras.

— Qu'est-ce qui se passe avec Christian ?

J'ai haussé les épaules. J'ai répondu que je n'en savais rien.

— Vous vous êtes engueulés ?

Négatif. Le coach n'arrêtait pas de hocher la tête en évitant de me regarder. Il m'a glissé qu'il avait essayé de téléphoner à trois ou quatre reprises, mais que personne ne répondait. J'ai répondu qu'il devait être en vacances, sur une plage, et que le basket, ce devait être le cadet de ses soucis. Il y avait un peu trop d'agacement dans ma voix. Un tremblement que je n'aimais pas. J'allais repartir quand l'entraîneur a ajouté que le truc qui était bizarre, c'était qu'il lui avait semblé l'avoir vu, au supermarché, mardi dernier.

— Impossible, il n'était pas en classe mardi dernier.

— Tu as raison, j'ai dû me tromper.

Quand je suis sorti du gymnase, il faisait beau. Le soleil tapait fort. Mon cœur aussi. Des rouages s'étaient enclenchés dans mon cerveau et j'avais commencé à gamberger. Qu'est-ce qu'on est censé faire quand un camarade s'évapore ? Qu'est-ce qu'on est censé faire quand un copain coupe tout contact, du jour au lendemain ?

— Forcer le destin.

C'est ma mère qui a prononcé ces mots-là, le soir même, après m'avoir cuisiné sur mon silence. Elle a bien sûr commencé par sa "complainte de la mère abandonnée" : "Je ne te reconnais plus, tu n'étais pas comme ça quand tu étais enfant, tu étais si communicatif, tu riais tout le temps, je ne comprends pas ce que tu me reproches", tout ça avec son air de victime, le sourire à l'envers et le coin des yeux qui tente de rejoindre les oreilles. Il n'y a rien qui m'énerve davantage, elle le sait mais elle ne change rien, elle est bloquée sur cette expression-là dès qu'elle s'adresse à moi – jusqu'à ce que je crache, évidemment, et que je sorte de mes gonds. Elle gagne chaque fois. Je me promets de ne rien dire, d'être muet comme une tombe, mais elle finit par me faire exploser. Encore que. Je n'ai pas vraiment explosé hier soir. J'ai juste marmonné que ça n'avait rien à voir avec elle. C'est elle qui est partie en *live*, sans prévenir. Et d'un coup, son sourire à l'envers est devenu un volcan et ses yeux morts se sont mis à lancer des flammes :

— Alors crache le morceau, merde, c'est inhumain de laisser les gens mariner comme ça, tu le sais ça, au moins, c'est ce qu'il y a de pire, on dirait ton…

Je ne l'ai pas laissée finir. L'inquiétude est sortie en boule et en furie. J'ai hurlé que c'était à cause de Christian. Ça l'a tellement surprise qu'elle en est restée coite. Elle a froncé les sourcils. Elle s'attendait à des confessions, genre *maman je fume de la drogue et je me pique depuis trois ans, maman j'ai été viré du lycée il y a deux mois mais je n'ai pas osé te le dire, maman je couche avec la voisine qui est plus vieille que toi* – et à la place, juste un prénom, et même pas un prénom de fille. Prudemment, elle a simplement repris "Christian" et elle a ajouté un petit point d'interrogation.

— Christian, celui qui fait du basket avec moi et qui est dans ma classe.

— Ton ami.

— Mon pote, oui.

Ma mère connaît Christian. Elle l'a rencontré trois ou quatre fois. Elle a été très polie avec lui – un peu trop même, tendance obséquieuse. Elle savait qu'il était fils de riches, et les riches, ma mère, ils la mettent en boule quand ils sont loin, mais quand elle se retrouve en face d'un, elle devient tout empruntée, une fan en transe devant la vedette internationale. Ma mère aurait aimé avoir un mec plein aux as. Dans l'idée. Parce que je suis sûr que, au bout d'un moment, il l'aurait gonflée, le bourge. Comme tous les autres. Ma mère a un problème avec les hommes. Qu'ils soient riches ou pauvres ne change rien à l'affaire. Bref, en tout cas, elle a toujours été irréprochable en présence de Christian. À tel point que Christian m'a demandé un jour ce que je lui reprochais exactement, à ma mère. Je n'ai pas répondu. Qu'est-ce que j'aurais pu dire ? Que dès que Christian avait le dos tourné, elle me faisait des remarques blessantes, l'air de rien, genre "Eh bien lui, il a l'air d'être gentil avec ses parents, au moins !" ou alors : "Il est bien élevé, lui, ça fait plaisir à voir !"

Elle parle comme ça, ma mère. Comme elle a le nez fait. Elle ne se rend même pas compte qu'en me critiquant avec ses sous-entendus, c'est elle-même qu'elle atteint. Parce que ce ne sont pas les enfants qui s'élèvent bien tout seuls, non ? Il faut des parents pour ça. Des parents bien élevants.

— Qu'est-ce qui se passe avec Christian ? Vous vous êtes disputés ?

Là, elle a réussi à me faire sourire. C'est à cause des termes qu'elle emploie. "Disputer", c'est tellement ringard. Tellement enfantin. C'est un verbe qu'on emploie quand on est au CE2 et qu'on boude dans un coin de la cour. À quinze ans, on ne se dispute pas. On s'engueule, on s'injurie, on se prend la tête, mais on ne se dispute pas.

Les mots de ma mère la trahissent. Elle me voit toujours avec mes jeans du dix ans en train de déballer les cadeaux de Noël au pied du sapin. C'est rageant, bien sûr, mais c'est aussi bizarrement émouvant. En tout cas, elle n'aurait pas pu mieux parler. La colère est retombée d'un coup. J'ai soupiré.

— Non, si c'était le cas, il n'y aurait pas de problème. Le truc, c'est qu'il n'est pas venu au lycée depuis deux semaines. Ni au lycée ni au basket.

— Il est sans doute malade.

— Je crois qu'il m'aurait téléphoné ou laissé des SMS, mais là, rien, *niet*.

— Il est peut-être trop malade pour téléphoner.

— L'entraîneur dit qu'il l'a vu au supermarché la semaine dernière.

— Et tu es sûr que… enfin, je ne sais pas, il ne s'est rien passé entre vous, ou avec un prof, avant ?

— Rien. Bon, mais je ne sais pas pourquoi je te parle de ça. Ça ne te regarde pas. Et puis ce n'est sûrement rien. Il doit s'être pris des vacances. C'est juste que je ne vois pas ce que je suis censé faire dans ces cas-là.

Pendant quelques secondes, le silence a régné dans la cuisine. Seul le frigo faisait son raffut habituel. Il faut le changer, le frigo. Mais on attend qu'il rende complètement l'âme, parce qu'on est raides. Alors en attendant le moment fatidique, on mange un jour des aliments moitié congelés et le suivant, les mêmes, mais pleins de flotte. Et c'est là qu'elle a lâché sa phrase.

— Forcer le destin.

— Quoi ?

— Forcer le destin.

— Qu'est-ce que ça veut dire, ça, forcer le destin ?

Elle hausse les épaules.

— Ça veut dire en avoir le cœur net. Ça veut dire provoquer une rencontre, ça veut dire se renseigner par tous les moyens. Tu es allé sur son blog ?

Je me mets à rougir violemment. Ma mère qui me parle de blogs, c'est un peu comme si d'Artagnan arrivait à Paris en TGV. Je ne savais même pas qu'elle connaissait ce mot-là. Elle rigole. Elle dit :

— Quoi, tu crois que je ne me doute pas que vous avez tous des blogs ? Tu sais, on parle, au boulot. Et toutes mes collègues, leurs enfants, ils ont des blogs. Alors j'imagine bien que lui, ou toi, c'est pareil. Ne t'inquiète pas, je ne vais pas demander ton adresse. Je n'ai pas envie de connaître les commentaires que tu laisses sur moi.

— Je n'ai pas de blog. J'aime pas ça. L'idée qu'on puisse venir fouiller dans ma vie. Et puis je ne vois pas ce que j'y raconterais d'intéressant.

— Et Christian ?

— Il en a un, oui. Il ne le met pas à jour très souvent, mais il en a un.

— Et les derniers articles, c'était quoi ?

— De la routine. Rien. Des remarques sur les filles de la classe. Des photos de basket. Une vidéo de Linkin Park. C'est un groupe de rock.

Elle hoche la tête.

— Pas de tendances suicidaires ?

— Maman ! On n'est pas à l'hôpital !

Ma mère, l'hôpital, c'est sa deuxième maison. Sa bouée de sauvetage. Elle est aide-soignante. Elle torche le cul des vieux. Elle change les sondes. Elle assiste à l'agonie de gamins atteints du cancer. Comme elle est déjà déprimée par nature, ça n'arrange rien – mais en même temps, c'est ce qui la maintient en vie. Le malheur des autres – et la paie en fin de mois. Ça, plus les émissions sur les riches et célèbres ou sur les impôts qu'on paie, sur les chaînes privées. Et moi.

La vie de ma mère. Cool.

— Bon, eh bien tu n'as plus qu'une solution.

— Laquelle ?

— Faire le guet.

— Pardon ?

— C'est la plus ancienne et la plus efficace des techniques. Épier, espionner, essayer d'obtenir des informations.

— Les voisins vont appeler les flics !

— Pas si tu te planques bien ou si tu la joues finaude.

— C'est-à-dire ?

— Fréquente les endroits où Christian se rend régulièrement. Marche sur ses traces. Deviens lui. C'est toi le détective.

— Tu regardes trop la télé, maman !

— Je sais, mais ça marche. C'est comme ça que je pistais mes amoureux, à ton âge. Ça me permettait de savoir beaucoup de choses sur eux avant de les ferrer.

— Je ne suis pas sûr d'avoir envie d'entendre ça. Et puis Christian, ce n'est pas mon mec.

— Un ami, c'est pareil qu'un mec ou une fiancée. C'est même mieux. C'est pour ça qu'on dit une *petite* amie ou un *petit* ami – ils sont petits par rapport aux autres. Un ami, c'est plus important qu'un flirt.

Je ne peux pas m'empêcher de sourire. Encore à cause du mot. "Flirt". Plus personne n'utilise "flirt". "Flirt", ça sent une époque qui n'est même pas celle de la jeunesse de ma mère, ça sent les années 1960 ou 1970, les bals du samedi soir dans les salles des fêtes des villages, les pantalons pattes d'ef', le plein emploi. On a vu ça en histoire-géo l'autre jour. Le prof n'en pouvait plus. Il s'excitait comme une puce. C'est là que j'ai réalisé qu'il avait dû avoir vingt ans dans les années 1970 et qu'il serait bientôt à la retraite. Parce que la roue tourne. Et que ce n'est pas toujours la roue de la fortune.

— Quoi, qu'est-ce que j'ai dit ?

Ma mère se rebelle. Elle a l'impression que je me moque d'elle. Elle a raison.

— Rien, maman. Je crois que ton idée me plaît.

Elle sourit à son tour. Elle est contente. Elle regarde par-dessus mon épaule, de l'autre côté de la fenêtre. Deux rues, et puis la rocade. L'hôpital, au fond. Elle a les yeux dans le vague. Elle parle, d'une voix sourde, comme elle se parlerait à elle-même.

— J'aurais bien aimé, moi, que quelqu'un fasse le guet pour moi. Que quelqu'un s'occupe de moi quand je n'allais pas bien. J'aurais bien aimé être épaulée. C'est même un mot qui me donne toujours le vertige, celui-là. Épaulée. J'en aurais pleuré à certains moments de ne pas être épaulée. C'est là aussi que je me suis rendu compte que je n'avais pas vraiment d'amis. J'avais eu des tas de flirts, mais j'avais peu d'amis. Et “peu”, c'est juste pour éviter de dire “pas”. Et je l'ai beaucoup regretté. Alors si tu t'inquiètes pour lui, fonce. Même si tu as peur d'être ridicule. Même si ça te paraît débile. Il ne t'en voudra jamais. Et s'il t'en veut, c'est que ce n'était pas ton ami.

Je retiens mon souffle.

Je sais à quoi elle fait référence.

Je le sais parce que tout le monde le sait, mais que personne n'en parle jamais. Et surtout pas elle.

Ma mère est devenue adulte très tôt, à un moment où sa génération se noyait dans les boîtes de nuit, les paillettes et la fête. Ma mère a perdu sa propre mère à l'âge de seize ans. Son père a tenté de faire face comme il le pouvait, mais il n'était pas d'un temps où les hommes partageaient les tâches domestiques. Il a reporté tous les fardeaux quotidiens sur ma mère, qui s'est retrouvée en charge du ménage, des courses, de la cuisine et, surtout, de la garde et de l'éducation de ses deux frères de huit et dix ans – des frères qu'elle a tellement nourris et blanchis qu'ils l'ont prise pour une bonne pendant des années, jusqu'à ce qu'elle fasse sa révolte, réussisse à entrer à l'hôpital et leur crache à la gueule. Aujourd'hui encore, la famille, pour ma mère, c'est un sujet douloureux. D'ailleurs, elle pensait ne jamais avoir d'enfants. Elle avait trop donné. Je ne suis pas complètement arrivé par erreur, mais je n'étais pas follement désiré non plus. Elle avait vingt-cinq ans. Elle en a pris son parti. Elle est retournée dans ses vieux habits de servante. Le seul endroit où elle s'éclate vraiment, ma mère, c'est au boulot. Les vieux dont elle s'occupe lui offrent parfois des chocolats. Il y en a même qui veulent l'embrasser. Je sais – c'est une femme bien. Il ne faut pas croire que je ne m'en rende pas compte – la preuve. Mais ça ne l'empêche pas d'être chiante avec moi. Comment on peut être bien et chiante à la fois, je ne peux pas l'expliquer. J'imagine que c'est tout le temps comme ça. Même moi, je suis chiant. Remarquez, je ne sais pas si je suis un mec bien. Je ne sais pas ce que c'est qu'un mec bien. Je n'ai pas tellement d'exemples.

Les copines de ma mère, pendant qu'elle s'occupait de ses frangins, se rendaient à des boums, à des soirées, vidaient des whiskys-coca, s'asseyaient sur les genoux des garçons, dévalisaient les magasins les jours de soldes, passaient de la funk à la house, écoutaient des disques sirupeux en pleurnichant, se payaient le luxe d'être mélancoliques. Pas une pour venir ne serait-ce que lui rendre visite. L'inviter à un anniversaire. Proposer de s'occuper des deux frères une soirée. Juste une soirée. Ma mère est devenue une paria. "Double peine", que ça s'appelle, si je me souviens bien. Tu perds ta mère et en plus, tu te fais exclure du groupe. Personne pour forcer le destin.

Si ça se trouve, la mère de Christian est morte, elle aussi. Il faut que j'en aie le cœur net. Je prends mon blouson, j'annonce à ma mère que je sors, elle ne proteste même pas. Je m'arrête sur le pas de la porte et là, je fais un truc vraiment extraordinaire. Je vais l'embrasser, l'aide-soignante. Deux bises qui claquent. Elle est tellement surprise qu'elle manque de tomber à la renverse.

3

UNE HEURE APRÈS. Une petite heure seulement.

Et un certain culot.

J'ai téléphoné à ma mère avec mon portable. J'étais devant la maison aux volets clos. Je lui ai demandé ce que je devais faire maintenant. Elle m'a demandé s'il y avait une grille, si elle était haute, si elle était hérissée de piquants (parce que le fils d'une actrice célèbre s'était empalé sur un truc comme ça). J'ai répondu :

— Tu n'es pas en train de me suggérer d'entrer par effraction ?

— Et comment tu crois qu'on vient en aide aux gens qui en ont vraiment besoin ? En leur demandant la permission ? On rentre toujours par effraction dans la vie des autres, ils se rebellent, ils refusent, et puis finalement ils font avec et ils sont contents.

— Je me demande où tu as pêché cette expérience-là de la vie.

— À l'hôpital, mon bonhomme !

— Je ne vais pas passer par-dessus la barrière !

— Est-ce que la porte est fermée ?

— Pardon ?

— La porte de la grille ou de je ne sais quoi, est-ce qu'elle est fermée à clef ?

— Mais bien sûr enfin, maman, tu ne crois pas que…

J'ai joint le geste à la parole. J'ai pesé sur la poignée de la porte. Il y a eu un petit clic et puis elle s'est ouverte doucement. J'ai senti mon cœur qui cognait fort. J'ai raccroché et j'ai éteint le portable. Je ne voulais pas que ma mère savoure sa victoire. J'ai attendu deux secondes, un pied à l'extérieur, un autre dans l'allée qui menait à la maison. J'ai jeté un coup d'œil aux maisons environnantes. On ne les voyait même pas. Dans ce quartier-là, les demeures sont bourgeoises, et elles se trouvent au milieu d'un très grand terrain, avec des jeux pour les enfants, des piscines et d'autres trucs de riches. Le tout, très loin de la rue où passent les manants.

Je suis un manant. Je me souviens du cours d'histoire-géo où j'ai appris ce mot-là. Tout de suite, je me suis dit : “Voilà, je suis un manant.” Et les manants, ça tourne vite brigand. J'ai pénétré dans l'allée et refermé doucement la porte. Brigand, voleur, délinquant juvénile – je venais de devenir tout ça en quelques secondes. Grâce à ma mère. Je me suis plaqué contre la haie haute de thuyas. Je savais qu'il n'y avait pas d'animal domestique dans la maison, parce que Christian était allergique aux poils, quand il était petit. Mais il devait bien y avoir un chien de garde chez les voisins, un molosse dressé pour tuer qui allait ameuter tout le voisinage. Et puis, chez Christian, il y avait sûrement tout un système complexe d'alarmes reliées directement au poste de police. Dans quelques minutes, tout le commissariat serait là, avec des lumières rouges et bleues, comme dans les séries policières que regarde ma mère. J'ai commencé à vraiment flipper et à me demander ce que je faisais là exactement et comment j'allais justifier mon comportement lors de la garde à vue. J'étais sur le point de prendre mes jambes à mon cou avant qu'on ne me pende quand j'ai entendu un bruit de serrure. Quelqu'un est sorti sur le perron. Je n'ai même pas eu le réflexe de me plaquer à terre. J'étais tellement parti dans mon délire de police-menottes-prison que j'ai failli lever les bras en l'air.

— Il y a quelqu'un ?

Sa voix d'abord. J'ai mis quelques secondes à la reconnaître, parce qu'elle avait des tonalités graves que j'ignorais.

Sa silhouette qui se découpe sur le perron.

Je ne crois pas que j'avais déjà ressenti un tel mélange de sentiments. Bien sûr, avant tout, il y avait du soulagement – et c'est là que je me suis rendu compte que j'avais cru, tout au fond, sans jamais oser me l'avouer, qu'il était mort. Mort sur une route anonyme, coincé sous son scooter, envoyé dans le décor par un conducteur fou. Le corps brûlé – impossible à identifier.

Mais juste derrière le soulagement, tapie, prête à sortir toutes griffes dehors, il y avait la rage. La colère. La fureur. *Alors, vraiment, je compte aussi peu que ça.*

Alors vraiment, les conneries, les entraînements, les discussions à bâtons rompus, les plans drague, les fous rires – ça n'a aucune importance et je peux être éjecté de ta vie aussi rapidement que ça ? Ça me dégoûte.

J'en étais là du tourbillon contradictoire quand il a répété sa question, d'un air un peu plus menaçant. Je voulais juste répondre “C'est moi” d'une voix neutre, mais je ne suis pas parvenu à cacher la haine qui montait. Je ne m'étais pas senti aussi agressif envers quelqu'un d'autre que ma mère depuis des lustres. J'en étais presque sonné. Alors les trois mots ont claqué comme un coup de feu, et comme après un coup de feu, ensuite, il y a eu un long silence.

Et puis le soupir, long comme le bras. Entre l'aise et la résignation. Et à nouveau la voix, un ton en dessous cette fois – voilée, presque cassée.

— Mais qu'est-ce que tu fais là ?

— À ton avis ?

— Reste pas dehors. Viens.

Une heure, montre en main. Une heure après que ma mère m'eut donné son avis, j'avais retrouvé Christian. J'étais chez lui.

La première chose qui m'a choqué, c'est l'odeur. Une odeur indéfinissable, proche de ce que l'on sent lorsque les tuyaux sont bouchés et que le plombier doit venir en urgence. Du rance, du fétide. La deuxième surprise, ça a été l'absence de lumières. Il était près de vingt-deux heures, et la maison était plongée dans le noir. Nous étions là tous les deux, dans le salon, dans l'obscurité. Je me suis raclé la gorge. J'ai dit qu'on pourrait peut-être allumer. Christian a répondu "Je ne préfère pas" mais c'était trop tard, mes doigts avaient déjà trouvé l'interrupteur. Il y a eu un petit déclic et tout s'est éclairé. Christian s'est caché les yeux avec la main. Moi, je suis resté là, les bras ballants, devant le spectacle.

J'ai eu un haut-le-cœur.

Je n'aurais jamais cru que je pouvais être sensible à ce point au désordre et à la saleté. Au contraire. Je me figure plutôt cool de ce côté-là, et j'aime bien me moquer des inconditionnels de la Javel et des accros des produits ménagers – comme ma mère, par exemple. Ma mère qui pourrait passer des heures dans les rayons de Carrefour à hésiter entre plusieurs marques, et surtout plusieurs odeurs, toutes aussi dégueulasses les unes que les autres – citron, citron vert, pamplemousse, fraîcheur marine.

À cet instant précis, pourtant, j'aurais tout donné pour une giclée de Pin des Landes ou de Brise de mer – *avec désinfectant intégré.*

Le salon ressemblait à un champ de bataille – sauf qu'on ne pouvait pas savoir qui s'était battu contre qui. Les fauteuils disparaissaient sous les piles de lettres non décachetées et de magazines, le sol était un enchevêtrement de vêtements et de journaux, les cendriers débordaient de mégots, les bouteilles vides et les restes de bouffe s'accumulaient sur la table centrale.

Je cherchais mes mots tout en luttant contre l'envie de vomir, et tout ce qui m'est venu aux lèvres, c'est :

— On vous a cambriolés ?

Il y a eu un instant de flottement, et puis le rire est venu. De très bas. De très loin. En vagues concentriques. Christian se gondolait. Cela a commencé par une sorte de hoquet venant de l'abdomen et puis les ondes se sont propagées, atteignant le torse, le cou, le visage, les yeux. Il se tenait le ventre, il se pliait presque en deux, il n'arrivait pas à reprendre son souffle.

Mais pour la première fois, je ne l'ai pas imité. D'abord parce que j'avais honte de ma remarque, et puis surtout parce qu'il me faisait peur. Ça n'avait rien à voir avec les crises de fou rire qu'on pouvait se piquer en cours, par exemple. Ça ressemblait plus à un accès de démence. Ou à une crise cardiaque. J'ai tenté de me souvenir de ce que j'avais appris dans les cours de secourisme, l'année dernière, mais je ne parvenais pas à me concentrer sur autre chose que sur le visage de mon ami.

C'est ça – de mon *ami*.

C'est la première fois que je l'ai pensé si fort. Christian est mon ami. Christian ne va pas bien. Je vais aider Christian.

Quand il s'est calmé, il s'est approché de moi et m'a posé la main sur la joue en me disant :

— Tu sais que tu es impayable, toi ?

J'ai eu un frisson violent parce que ça ne lui ressemblait pas d'employer ces mots-là – et puis sa voix, je ne sais pas, elle avait changé, elle était plus grave, elle ressemblait à celle de son père.

Il m'a fait signe de le suivre. Nous sommes montés dans sa chambre. L'escalier, débordant de détritus en tous genres, m'a fait craindre le pire, mais la pièce était plutôt rangée et propre. Les fenêtres étaient ouvertes. Il est sorti sur le balcon et s'est assis sur un fauteuil étroit en rotin. J'ai fait de même. D'un seul coup, je me suis vu, dans vingt ou trente ans, avec celui qui était mon meilleur ami depuis l'adolescence, en train de griller des clopes dans le noir et d'échanger des souvenirs. Je me suis dit que ce moment-là, celui que nous étions en train de vivre, nous nous en souviendrions toute notre vie. Qu'il scellait un pacte entre nous. Un pacte beaucoup plus fort que le temps et l'espace.

Du balcon, on voyait un coin de la maison, l'allée et au bout, la porte par laquelle j'étais entré. Et la rue.

— Je savais que c'était toi. Je t'ai observé.

— Pardon ?

— J'étais là, sur le balcon, planqué. Je me demandais quand tu allais me foutre la paix. Et puis à un moment, je me suis avoué que j'étais quand même content que tu sois là. Alors je suis descendu.

— Qu'est-ce qui se passe ?

— Le bordel.

— J'ai remarqué…

Je devine son sourire dans l'obscurité. Sa voix retrouve ses accents d'avant, mais la gravité est toujours là, à l'arrière. Elle peut d'un moment à l'autre rompre et laisser échapper ce rire de taré qui m'a saisi tout à l'heure.

— Mon père s'est barré. Une histoire sordide. Avec son assistante de direction. Une vraie caricature. Je ne sais pas, il aurait pu quand même avoir un peu plus de classe, choisir un *top model*, une actrice, ou au moins une député de gauche, quelque chose qui aurait eu du panache !

— C'est peut-être une assistante qui a du panache. Il y en a.

— Ah bon ?

— Mme Lartigue.

Nous voyons tous les deux passer devant nos yeux le reflet émoustillant de Mme Lartigue, secrétaire du proviseur, jupe fendue, maintien langoureux, yeux de biche, teint de porcelaine – un fantasme pour tous les adolescents mâles frustrés, c'est-à-dire pour tous les adolescents mâles, point.

— OK. Mais ça me déçoit.

— Ils divorcent ?

— On n'en est pas là. On en est dans la période dépressive. La zone de perturbations, comme ils disent dans les avions, tu sais.

— Non, je ne sais pas.

— Ma mère, elle…

Il ne termine pas sa phrase. Les mots se balancent, au bout de la corde de l'émotion. Une cordelette fine et coupante. Christian se passe plusieurs fois l'index sur le nez, vigoureusement. Il se racle la gorge. Lorsqu'il reprend la parole, les phrases tremblent un peu et le timbre de sa voix est voilé.

— Elle ne va pas bien.

J'hésite. Je me demande s'il faut l'aider à accoucher ou s'il faut juste être témoin. Mais mon hésitation ne dure pas longtemps. Depuis que je suis entré par effraction chez lui, je ne suis plus un spectateur de sa vie. J'agis. Cela me fait un peu peur, mais je me dis que je n'ai plus le choix. Soit on reste sur le quai, soit on entre dans le train. Je suis entré dans son wagon. Maintenant, j'assume. Et je m'infiltre dans la conversation.

— Personne ne peut aller bien dans ces moments-là.

Un ricanement, terminé par une sorte de reniflement méprisant.

— Disons que c'est encore pire quand on n'allait déjà pas bien avant.

— Elle en est où ?

— Comment ça ?

— Je ne sais pas, elle fait quoi ?

— Rien. Rien de toute la journée. Elle reste étendue comme ça et elle attend. Ah si, parfois, elle pique des crises. Surtout quand il me prend l'envie de nettoyer et de rendre à la maison un aspect correct. Alors, dès que j'ai fini, elle se met à vider tous les placards, à ouvrir les boîtes de conserve et à tout répandre par terre. Elle a décidé que nous vivions sur les trottoirs du Caire.

— Elle a vu un toubib ?

— Plusieurs. Elle a des tas de boîtes de médicaments qu'elle prend n'importe comment.

— Tu devrais avertir les services sociaux.

— Pourquoi ? Pour qu'ils lui retirent la garde et qu'ils m'ordonnent d'aller vivre avec mon connard de père ? Pour qu'ils m'obligent à l'abandonner, elle ? Je lui ai promis que je m'occuperais d'elle.

— Ce n'est pas une réussite.

— Je voudrais t'y voir !

— Je ne te reproche rien. Personne ne te reprocherait rien. Mais tu ne peux pas… enfin, tu ne peux pas t'en sortir seul ! Tu dois aller au lycée, tu dois…

— Le lycée, je m'en tape. Ils ont déjà envoyé deux mots, comme quoi si je ne refaisais pas surface bientôt, ils allaient me renvoyer.

— Il y a des gens là-bas qui pourraient t'aider.

— Ah ouais ? Ben, je ne vois pas comment ! Tu l'as vue, l'assistante sociale ? Elle donne envie, hein ?

— Tu vas faire quoi ?

— Sais pas. Attendre que ça se calme.

— Et pour le fric ?

Il hausse les épaules.

— Mon connard de père vire toujours de l'argent sur le compte de ma mère et elle m'a donné le code de sa carte bleue, il y a longtemps. Je me débrouille.

— Et ton père, il en dit quoi ?

— Mon père n'est au courant de rien et ne sera au courant de rien, OK ? Au téléphone, je lui réponds que tout va bien mais que maman ne veut pas lui parler ou alors qu'elle est sortie. Il dit qu'il comprend. Ça m'éclate, ça, qu'il prétende comprendre alors qu'il ne capte rien du tout. Mais il s'en fout, au fond, il s'éclate avec sa grognasse, il s'assure juste qu'il peut continuer à la niquer tranquille.

— Tu ne la connais pas, cette femme.

— Écoute, elle est sans doute super gentille et top la classe, mais ça me fait du bien de l'insulter, j'ai le droit, non ?

— T'as tous les droits.

— Tous ?

— Tous.

— J'ai le droit de te demander de rester ici cette nuit, alors ? Je... Enfin, je me sens un peu seul. Et je déteste l'admettre.

— J'appelle ma mère.

Je suis sorti de la propriété, pour téléphoner. Là, sur le trottoir, à bientôt vingt-trois heures, je respirais mieux. J'ai tout déballé à ma mère. Ma mère qui, en quelques minutes, était devenue la personne la plus à même de me comprendre. Ma mère à qui, d'un coup, je trouvais de très nombreuses qualités. Parce que se laisser aller, ma mère, elle ne l'a jamais fait. Parce qu'elle m'a, moi, et que je passe d'abord. Et avant tout.

4

LE LENDEMAIN, JE N'AI RIEN COMPRIS. Christian non plus, je crois.

De toute façon, personne n'aurait pu comprendre.

Nous avions parlé jusque très tard dans la nuit. Christian était allé vérifier que sa mère était encore assommée par les pilules rouges et jaunes qu'elle avait prises au début de la soirée. Elle ronflait comme un sonneur. Je devinais sa silhouette, au travers du lit, à moitié habillée. Christian avait remis les oreillers en place. Elle n'avait eu aucune réaction.

J'avais commencé à ranger le capharnaüm mais il m'avait bientôt conseillé de laisser tomber. De toute façon, dès qu'elle se réveillerait, elle en remettrait une couche. Il m'a confié qu'un jour, quand il était môme, il avait lu les *Mythes et Légendes de la Grèce antique* et qu'il avait été fortement impressionné par l'histoire de Sisyphe, qui pousse son rocher en haut de la montagne tous les jours, rocher qui se casse la gueule et redescend la pente tous les jours également.

La punition éternelle. Il y repensait souvent, en ce moment. Il n'aurait jamais cru se retrouver dans cette position-là.

J'avais réussi à faire dévier la conversation, un peu avant une heure du matin. Je l'avais amené à parler du lycée, des filles qu'il avait connues, du basket, un peu. À un moment, nous avions même ri – mais nos rires semblaient déplacés dans cette maison à l'abandon. Je me suis écroulé tandis qu'il évoquait des souvenirs et qu'en sourdine, on entendait le *In Pieces* de Linkin Park. La dernière chose que j'ai vue, ce sont les chiffres du réveil. Il était presque trois heures.

L'un à côté de l'autre, tout habillés, chiffonnés, épuisés. C'est comme ça que ma mère nous a trouvés, quatre heures plus tard.

Ma mère. Oui. *Ma* mère. Celle de Christian dormait toujours à poings fermés. Mais Myriam, ma mère, elle était là, dans l'embrasure de la porte, les mains sur les hanches. Le radio-réveil à la main. Et elle parlait. Fort. Cela n'a rien de surprenant. Ma mère parle toujours fort. Surtout le matin. Il paraît que ça met du baume au cœur et que ça permet de bien se réveiller.

Et nous, nous étions à demi redressés, avec des sacoches sous les yeux, hébétés, le cheveu en bataille et nous la regardions. Nous étions au spectacle. Et devant nous, Dark Mother s'agitait.

— Mais qu'est-ce que tu fais là, maman ?

— C'est surtout à vous que je devrais poser la question. Il est plus de sept heures, vous commencez à huit heures, j'ai vérifié sur ton emploi du temps, alors il est temps d'aller prendre une douche, le petit-déjeuner et ouste, dehors, bon débarras !

— Mais ça ne va pas, non ? Où tu te crois ?

— Pas chez moi, mais chez moi quand même puisque mon fils a dormi ici. Ne discute pas, toi et ton copain, vous obéissez, un point c'est tout. Bonjour Christian, vous allez bien ?

— Mais comment t'es rentrée ?

— Par la porte. Tout était ouvert, figure-toi !

Et le mieux, c'est que je vois Christian se lever précipitamment, prendre dans ses tiroirs des sous-vêtements et des chaussettes et se diriger vers la salle de bains. J'hallucine. Je rattrape Myriam dans l'escalier – mais qu'est-ce qu'on est censé faire quand sa mère pète un câble et qu'elle n'en a rien à cirer de ce qu'on peut lui objecter ? Je ne vais quand même pas la frapper, non ?

— C'est quoi ce cirque, maman ?

— Traitement de choc.

— T'es pas au boulot, là !

— Eh bien, ça y ressemble, tu vois. Des femmes comme elle, j'en vois tous les jours.

— Tu n'es pas médecin, ni infirmière, et encore moins psychologue.

— Très bas, comme attaque. Et puis de toute façon, tu peux raconter ce que tu veux, je me suis défini une ligne de conduite et je m'y tiens.

— Mais enfin, c'est ridicule !

— Et toi, tu pensais faire quoi ? Les regarder se détruire ? Tu as vu cette maison, c'est une porcherie !

— Maman !

— J'ai quelques jours de RTT à prendre, je vais voir si je suis utile ici. Ne t'inquiète pas, mon chéri, si je vois que je ne sers à rien, je dégage.

— Tu n'as pas le droit d'être ici !

— Si. Tout le monde a le droit d'être ici. C'est un cas de force majeure. Tu as vu les cachets qu'elle prend ?

— Tu es entrée dans sa chambre ?

— Je vous cherchais. Les trucs qu'elle s'enfile, c'est de la drogue dure.

— Alors il faut appeler les secours, ou la désintox, et pas une dame de compagnie.

— Je te l'ai déjà dit, si je sens que c'est au-dessus de mes forces ou de mes capacités, je préviendrai. Re-bonjour, Christian, ça vous a fait du bien, cette douche ?

Il la regarde – et je n'ose pas le croire, mais il sourit.

— Madame, vous n'avez pas à faire ça. Ce ne sont pas vos oignons.

— Les oignons de mon fils sont mes oignons et les oignons de Christian sont les oignons de mon fils donc…

— Tout le monde va pleurer.

Elle glousse.

— Peut-être, mais c'est un risque à prendre, non ? Filez, les garçons, prenez vos sacs, voilà de l'argent pour prendre quelque chose à la boulangerie, impossible de préparer quoi que ce soit ici, c'est… Enfin, ce n'est pas opérationnel.

Et nous, une demi-heure plus tard, sur le trottoir, avec un sac en papier jaune à la main et nos deux pains au chocolat, l'impression d'avoir six ans et un gros goûter pour le CP. Christian ne m'a pas encore adressé la parole. C'est même à peine s'il me regarde. Bravo, Dark Mother, t'as encore tout fait foirer. J'essaie de rattraper le coup. Je lui demande ce qu'il veut faire maintenant. Je suggère de revenir à la maison et de remettre les pendules de ma mère à l'heure. Christian hausse les épaules et dit doucement qu'on n'a qu'à aller au lycée. Ça fait des plombes qu'il n'a pas remis les pieds au lycée, et bizarrement, ça lui manque.

Il passe un long moment à la Vie scolaire. Il revient, accompagné de la conseillère d'éducation, qui s'entretient quelques minutes avec le prof d'anglais. Aucune remarque désobligeante. Aucun commentaire. Christian retrouve sa place à mes côtés. Il esquisse un sourire. Et pour la première fois de sa vie, il participe au cours. Au beau milieu de l'heure, un morceau de papier atterrit sur notre table. "Heureux de te voir de retour. Il y a une fête samedi après-midi chez moi. Tu viens ? Julien." Le "tu viens" a été barré rapidement. En dessous, Julien a réécrit : "Vous venez ?" Parce que, quand même, j'existe.

Je pense à ma mère. Je me demande ce qu'elle peut faire dans cette maison, avec une dépressive chronique. J'en ai des nœuds dans le ventre. Je voudrais en parler à Christian, mais je ne sais pas comment aborder le sujet – il est tellement présent entre nous, le sujet, que finalement, nous ne l'effleurons même pas. Christian fait comme si de rien n'était. Comme s'il revenait d'une bronchite un peu compliquée. C'est totalement irréel.

À onze heures, je m'éclipse. Je téléphone sur le portable de Myriam. Je laisse un message sur le répondeur. Je bredouille. Je veux savoir comment elle se débrouille, ce qui se passe, ce qu'il faut que nous fassions en sortant, si elle veut que nous revenions plus tôt. En retour, je n'ai qu'un SMS : "Adulte et vaccinée. Je m'occupe de tout. Travaillez."

Alors, je travaille.

Nous travaillons.

Nous faisons des exercices de maths. Je me perds dans les équations, je remplace les *x* et les *y*, j'étudie les limites. Nous prenons des notes en français sur la littérature du XIXe siècle. Sur la façon de rédiger une introduction dans un commentaire composé. Nous nous penchons en géographie sur la mondialisation et ses conséquences. Personne ne semble se soucier du fait que la mondialisation, dans les ménages français, on en sent les répercussions tous les jours – et parfois de façon ahurissante : c'est la mondialisation qui a poussé le père de Christian à partir tout le temps en déplacements. Il partage davantage sa vie avec l'assistante qui l'accompagne qu'avec la femme qu'il a épousée et qui lui a donné un enfant. *Pensez global, agissez local* – c'est ce qu'ils n'arrêtent pas de répéter. J'agis local. Je suis un antiseptique. Je calme les douleurs. Autour de moi. En tout cas, j'essaie. Sauf que là, c'est ma mère l'infirmière et moi, l'aide-soignant.

17 h 35. Nous discutons avec des camarades de classe. Nous nous attardons dix minutes, et puis nous parvenons quand même à nous arracher. À retrouver la tanière. Et d'abord, bien sûr, à nous emboîter le pas. Ce n'est pas naturel. D'habitude, je remonte sur la gauche de l'avenue, vers les tours, et lui, il traverse et bifurque à droite, vers les quartiers pavillonnaires. C'est la première fois que je l'accompagne, à la sortie du lycée. Du coup, nous retombons dans le silence.

À un moment, je n'y tiens plus. Je lui glisse que s'il veut, je peux plier bagages, je comprendrais très bien qu'il n'ait pas envie de me supporter une minute de plus. Il s'arrête et fronce les sourcils. Il me demande ce que je raconte exactement.

— J'ai honte. Nous t'envahissons, ma mère, moi, c'est lamentable.

— Vous m'aidez, ta mère et moi. Aider, ça n'a rien à voir avec envahir.

— J'ai les jetons de ce que nous allons découvrir.

— Écoute, quoi qu'il se soit passé aujourd'hui, ça ne peut pas être pire que ce qui s'est passé dans les quinze derniers jours. Elle a essayé de se suicider trois fois, elle m'a hurlé dessus parce que je ne la laissais pas mourir, elle m'a demandé de la tuer, alors tu sais, honnêtement, aujourd'hui, j'ai eu l'impression d'avoir un jour de vacances. Et si ce n'est qu'un jour, eh bien tant pis, ça reste un putain de bon jour.

Je reçois les informations comme un coup de poing. Nous avons parlé hier soir – mais il n'a rien dit de tout ça. Je me demande si plus tard, il racontera tout ce qui est arrivé, pendant les deux semaines où je le croyais parti avec son père aux Bahamas.

Son père.

Il ne va pas rester éternellement absent, son père. Il va revenir. Il paraît qu'il a prévenu qu'il viendrait la semaine prochaine voir comment ça se passait à la maison, et discuter avec son fils. D'homme à homme. De chef d'entreprise à futur chef d'entreprise. Christian, au téléphone, n'a rien répondu. Il était debout, au milieu du chantier du salon, avec sa mère gisant sur son lit, et son père lui tenait un discours ahurissant à l'autre bout du fil. Il s'est demandé, à ce moment-là, ce que c'était que cette vie de merde.

Je me le suis souvent demandé aussi. Parce que, mine de rien, il n'est pas le seul à avoir traversé des coups durs. Quand je voyais tous les autres avoir des DS et des PlayStation à Noël. Quand je les entendais parler de leurs vacances au bord de la mer. Quand je les voyais excités comme des puces par la perspective d'un séjour au ski. Quand ma mère au supermarché avouait en s'excusant qu'elle n'avait pas assez d'argent pour régler ses achats – et que la caissière, avec un air mi-méprisant, mi-compatissant, était obligée d'annuler les derniers articles pour aboutir au total désiré, sous le regard courroucé des autres clients. Quand ma mère craque aussi. Quand elle me gueule dessus. Quand nous nous faisons face, prêts à en découdre. Quand elle parle de mon père. Qu'est-ce qu'ils ont aussi, les pères, à faire des gamins comme des lapins et à se tirer après ? Qu'est-ce qu'ils ont, les couples, à se former en dépit du bon sens ?

Je ne suis pas assez con pour ne pas comprendre que j'aurai la réponse à ces questions-là, dans dix ou quinze ans – quand je ferai les mêmes erreurs. Encore que ma mère, son erreur, elle l'a commise beaucoup plus tôt. Quand elle s'est retrouvée enceinte. Je ne m'imagine pas avec un mioche.

J'en suis là dans mes pensées quand Christian tourne la poignée de la porte. Nous avons déjà remarqué l'absence de signes dramatiques – pas de désordre dans le jardin, pas d'arbustes arrachés, pas de restes de vêtements ni de traces de lutte. C'est déjà ça. À chaque pas, c'est ce que nous nous répétons mentalement, comme un mantra – *c'est déjà ça*.

Et d'un seul coup, nous sommes à l'intérieur. Nous avons poussé la porte, en apnée, mais l'odeur de citron nous a presque pris à la gorge. En entrant dans le salon, nous les avons vues, toutes les deux. Et surtout, autour, ce n'étaient plus les bidonvilles de Rio. La pièce était rangée et d'une propreté impeccable. J'ai failli réagir mais Myriam a froncé les sourcils et a discrètement mis son index sur sa bouche. OK. La jouer détaché. Le côté *il ne s'est rien passé*.

Christian s'est approché de sa mère et l'a embrassée sur la joue – pour toute réaction, un petit gémissement prouvant qu'elle était en vie. Je l'ai saluée à mon tour mais je n'ai même pas eu droit à un regard. Et puis la voix de la mienne, de mère, claire, sonore – la voix qu'elle a au boulot quand elle s'occupe des petites vieilles à moitié sourdes.

— Alors, Hélène, vous reprendrez un peu de tisane ou pas ?

Le geste las de ladite Hélène – un prénom que j'ai découvert à cette occasion – et le timbre rauque, une voix de fumeuse de la classe ouvrière qui contrastait avec le souvenir que j'en avais – un léger accent aristocratique, une façon de relever le ton en fin de phrase, à la germanique, comme si chaque affirmation était une question. Et surtout, les mots.

— Fous-moi la paix, connasse.

Le sursaut de Christian. Ses mâchoires qui se figent et ses poings qui se serrent. La rage contre sa mère qui se transforme, pour la première fois devant d'autres yeux que les siens, en marchande de poissons. Le regard impérieux de Myriam et son geste agacé – *Ne monte pas sur tes grands chevaux, Christian, tout va bien.* Il s'assied. Myriam continue son manège. Elle pérore. Elle nous inclut dans la discussion. Elle nous demande des nouvelles des cours. Elle nous réclame des anecdotes, drôles ou non, "C'est vrai, au fond, on ne sait jamais ce que vous faites exactement de vos journées." Nous échangeons un regard paniqué, Christian et moi. Est-ce qu'il va vraiment falloir tout dire ? Est-ce qu'il va vraiment falloir faire la conversation, comme on dit ?

Il y a quelques secondes de silence, et puis Christian se lance. Il parle des profs. De leurs travers. Myriam rit. Hélène tente de rester impassible, mais elle ne peut pas s'empêcher de lever les yeux au ciel. Et elle lance un "Qu'est-ce que ça me soûle !" qui calmerait n'importe quelle ardeur. Myriam ne se démonte pas ; nous si. Elle surprend nos silhouettes qui s'affaissent, alors elle dit :

— Vous savez ce que vous devriez faire, les garçons, avant vos devoirs et pendant que je prépare le dîner ? Un petit peu de basket. Au stade. Vous ne vous êtes pas entraînés depuis longtemps, non ?

— Mais maman, je… enfin, je n'ai pas mes affaires !

— J'ai tout amené. Nous allons rester un peu ici. Les services sociaux l'ont recommandé.

Un clin d'œil complice. Je ne sais plus où j'en suis.

— Nous nous installons le temps que tout aille mieux. Évidemment, à condition que Christian et Hélène soient d'accord.

Hélène s'apprête à répliquer, mais elle se ravise finalement et boude. Christian demande s'il peut prendre une aspirine. Myriam lui répond de faire comme chez lui, puisque c'est chez lui et elle revient à l'attaque pour le basket :

— Regardez, il fait super beau ce soir !

— Maman, le stade est loin, je n'ai pas envie d'y aller en vélo et en bus, c'est hors de question !

— J'ai deux scooters.

Christian s'interpose et donne son agrément en douceur. Ils sont deux contre moi. J'abdique. Je hoche la tête. Christian ajoute :

— C'est ça, quand on a du fric – on a des doubles de tout, sauf de ses parents.

— Tu sais, nous, on n'a pas un rond, ce n'est pas pour ça que j'ai deux mères. Je n'ai même pas de père, alors…

— Ça nous fait un point commun.
— Le mien, je ne le connais pas – nuance !
— Le mien, je ne veux plus le connaître, re-nuance !
— On est mal barrés.
— Je ne te le fais pas dire…

Alors, nous y voilà. Au centre du terrain de basket, près du stade. Esseulés. Nous dribblons, nous nous faisons des passes, nous ajustons nos tirs dans le soleil qui descend.

Au début, je n'ai pas envie. Je m'assieds dans un coin du terrain. Je joue l'indifférence. Je regarde Christian mettre des paniers et courir. Il n'a plus d'yeux que pour le carré rouge, sur le montant de bois. Là où la balle doit rebondir doucement, afin de redescendre se prendre dans les mailles du filet, qu'elle transperce.

Et puis, à force, ses gestes, l'assurance qu'il retrouve, et la lumière orangée – tout cela me donne envie. Je le sens aux fourmillements dans mes doigts et cette légère pulsion dans la poitrine, celle qui dit : *Vas-y, tu pourrais le rejoindre, qu'est-ce que tu attends ?*

Je me lève. Christian ne fait aucune remarque. Simplement, il m'inclut dans le tableau – en silence. C'est ça qui a brutalement changé, chez lui. Avant, il m'aurait accueilli avec des interjections, des encouragements, voire des insultes, histoire de heurter ma fierté. Maintenant, il me calcule sans dire un mot. Il attend que je m'élance et il me passe la balle. Un pas, deux pas, s'élever et croire que c'est une ascension sans fin. Sentir le cuir de la balle dans la paume, la diriger et, dans un clin d'œil apaisé, comprendre qu'elle va y aller – là, au centre, dans la mer de la Sérénité.

La nuit nous force à abandonner – et encore. Dans l'obscurité la plus totale, on peut entendre quelque temps encore le bruit du rebond, celui – plus sec – de la balle qui vient gifler le cadre de bois. Nous sommes hors d'haleine et plus fatigués qu'après un vrai match. Christian me demande contre qui on joue, mercredi prochain. Je donne le nom d'une équipe de l'agglomération, coriace. Je devine son sourire. Il murmure qu'on va les tuer sur place, cette fois. Je me dis que Christian est de retour. Il s'en rend compte et il se reprend :

— Disons, pour ne pas imiter mon connard de père, qu'on va essayer de les battre largement.

Nous rions ensemble.

Au retour, Hélène est couchée. Myriam a pris la liberté de modifier légèrement son ordonnance, de façon, pense-t-elle, à ce que la mère de Christian cesse un peu d'être une momie la journée et une tornade, parfois, la nuit venue. Elle explique qu'elle s'est présentée comme une dame envoyée par les services sociaux, que le lycée de Christian avait alertés. Hélène s'est emportée, bien sûr, mais elle ne s'est pas vraiment rebellée. Myriam lui a imposé le rangement et le ménage, en menaçant vaguement de la perte de la garde de son fils. Hélène s'est laissé faire.

— Je crois qu'en fait, elle est soulagée que quelqu'un d'autre, une autre adulte je veux dire, prenne les décisions.

— Ma mère n'a jamais pris de décisions. C'est mon père qui donne les ordres, ici, et ma mère les applique.

Myriam tique :

— Merde, il va falloir que je change mon fusil d'épaule. Je n'ai pas envie de me comporter comme ton paternel, sauf le respect que je lui dois.

— C'est un connard.

— C'est toi qui le dis. Je le pense aussi très fort, mais je ne me donne pas le droit de le verbaliser.

— Elle vous a parlé de lui ?

— Elle ne m'a parlé de rien. Si, elle m'a dit que le seau rouge était sous l'évier. Mais au fait, vous n'avez pas de bonne, enfin, quelqu'un qui s'occupe des tâches ménagères ?

— Pas pour le moment. On en a eu beaucoup, mais elles ne restent pas longtemps. Ma mère, elle n'aime pas que… enfin, elle a un petit problème avec…

— L'alcool ?

— Vous vous en êtes rendu compte ?

— J'ai trouvé sa cachette.

— Dans le placard à balais ?

— Il y a un placard mais pas de balais.

— Avec les dames qui faisaient le ménage, ça jasait.

— Les dames qui font le ménage… Tu as appris la politesse, toi, j'aime bien ça, il faudra l'apprendre à mon fils.

— Je ne veux pas qu'on dise de mal de mon ami, même sa mère.

J'étais en train de parcourir le magazine télé. Je m'arrête net. Je le regarde. Ma mère également. Elle hoche la tête en souriant. Elle glisse qu'elle était sûre que Christian était un mec bien. J'ai la tête qui tourne un peu. J'ai un ami, maintenant. Un vrai. Manquerait plus qu'une copine régulière et mon adolescence pourrait enfin reluire.

— Vous allez rester combien de temps ?

— Le temps que tu voudras. Et surtout le temps qu'elle voudra, elle. Quelques jours ou quelques semaines. Jusqu'à ce que vous teniez chacun sur vos deux pieds.

— Vous croyez que c'est possible ?

— Je ne crois pas que ça soit impossible.

— Vous avez le même sens de la formule que votre fils.

— On s'entraîne beaucoup tous les deux devant les séries télé. On fait une compilation des meilleures répliques.

— Il ne me l'a jamais dit.

— Évidemment, puisque ce n'est pas vrai.

Une pause. Le rire de Christian.

Je suis médusé. Je n'ai jamais vu ma mère comme ça. Elle est comme libérée. En forme. Et jeune aussi. Je ressens une pointe de jalousie. Parce que Christian sait transformer ma mère en autre chose qu'une caricature de la plainte et de la douleur. En un claquement de doigts. Merde alors. J'ai dû rater une marche quelque part. Et je ne peux m'en prendre qu'à moi-même. À moins que les relations entre les mères et les fils ne soient vouées à l'échec, à l'adolescence. En attendant, la joute continue. Alerte. Aérienne. Deux trapézistes au-dessus de la piste.

— Mon père va sans doute pointer son nez. Comment je vais vous présenter, moi ?

— Tu n'auras pas besoin de le faire. Je dirai que je suis une amie d'Hélène et que je veille sur elle le temps qu'elle aille mieux. Ce n'est presque pas un mensonge – à part pour l'amitié.

— Elle va grimper aux rideaux et hurler que ce n'est pas vrai !

— Je n'en suis pas si sûre. Et si c'est le cas, pas de problème, nous prendrons nos cliques et nos claques.

— Et moi là-dedans ?

— Ah… alors disons que je te laisserai mon fils en otage. Mais, tu sais, je crois que ton père sera juste soulagé de voir que quelqu'un s'occupe d'elle.

— Il continuera à donner du fric ?

— Dans un premier temps, oui. La culpabilité. Après, il faut voir. Il y aura une pension alimentaire. Mais il voudra peut-être vendre la maison.

— Elle est à ma mère.

— Ah bon ?

— Héritage familial. Ils ont fait un contrat de mariage.

— Tu es bien au courant !

— C'est elle-même qui me l'a dit, un jour où il s'était emporté et qu'il était parti en claquant la porte.

— Ils se disputaient souvent ?

— Je crois que c'est la seule fois dont je me souvienne. Ce qui ne veut pas dire que tout se passait bien.

— Rien ne se passe jamais vraiment bien dans un couple.

— On m'a appris à ne pas faire de généralités.

— Qui t'a appris ça ?

— Elle.

Ma mère sourit. Un sourire franc qui remonte jusqu'aux oreilles.

— J'ai raison, alors, tu as été bien élevé. Bon maintenant, si nous nous incrustons quelque temps, il nous faudrait un peu plus de linge.

Elle se retourne vers moi, toujours le sourire aux lèvres.

— Tu veux bien y aller, trésor ?

Trésor ?

Trésor ? D'où ça sort, ça, trésor ?

C'est bien la première fois qu'elle m'appelle "trésor". Ce n'est plus de la série télé – c'est du magazine people. Je me sens rougir jusqu'à la racine des cheveux. D'autant que Christian lui emboîte l'apostrophe :

— Je vais accompagner Trésor, madame.

— Très bien. Je reste ici avec ta mère.

— Et surtout vous ne la laissez pas s'échapper.

Ils rigolent ensemble. Deux larrons en foire. Je n'en reviens pas. Je reste là, les bras ballants, tandis que Christian me pose la main sur l'épaule et me demande, soudain redevenu sérieux comme un pape :

— Tu as tes clés, Trésor ? Il faut qu'on y aille !

Sur le trajet, nous parlons. De l'avenir, pour la première fois. De ce qu'il aimerait faire ensuite, maintenant que *manager*, ça ne le tente plus – il a eu le temps d'y réfléchir pendant la quinzaine de nuits blanches qu'il a passées à veiller Hélène. Tout y est passé, médecin, assistant sociale, même prof. Mais finalement, ce qu'il aimerait, c'est tenir un bar. Un de ces bars de nuit qui recevrait des groupes de musique, le samedi soir. Et puis dans la journée, il y aurait une arrière-salle calme, avec des jeux de société et des livres. Des livres, oui. Christian aime les livres. Moi aussi. Nous sommes surpris de le découvrir. Nous nous rendons compte brutalement que nous ne nous connaissons pas aussi bien que nous le croyions. Parce que les garçons, entre eux, ça parle de filles, de sport, de films d'action – mais rarement de lecture. Peur du ridicule. Ou de l'étrange. Pas envie de la posture du poète maudit. Ça tombe bien. Je n'aime pas tellement la poésie. Ni le théâtre. Ni le XIXe siècle. Ni tous ces textes qu'on nous enfourne au lycée, comme si la littérature, ce devait être obligatoirement de l'histoire littéraire. Comme si la littérature, ce n'était pas ici et maintenant. Je m'échauffe quand je parle de ça à Christian et il hoche la tête. Il jette un coup d'œil devant nous et il dit :

— C'est ta rue, non ?

Je n'ai pas eu le temps d'y penser.

Je baisse les yeux. Je serre les mâchoires. Oui, c'est ma rue. Et ma rue, elle ne ressemble pas à celle de Christian. Ma rue, c'est des immeubles à la suite – “mais pas en barre”, répètent les agents immobiliers, “Ah non non non, ce ne sont pas des barres d'immeubles, entre chaque bâtiment, il y a de l'espace.”

Un couloir qui ne donne sur rien et, au loin, la perspective du centre commercial. Des touffes d'herbe rabougrie. Des jeux pour enfants rouillés sur lesquels je ne me souviens pas d'avoir joué. Pourtant, j'habite ici depuis toujours. Il ne faut pas croire. Je ne vis pas mal ici. J'ai des copains, dans le quartier. En tout cas, j'en ai eu. Mais c'est vrai que depuis que je suis passé au lycée du centre-ville, je les vois moins. Nous sommes trois du quartier à être passés en seconde générale l'année dernière : Zahra, mais elle ne sort jamais, elle ne fait que bosser, elle veut devenir avocate ; Grégory – c'est un copain d'enfance, nous ne sommes pas dans la même classe, mais d'après les échos que j'en ai, ça ne va pas fort, il sèche un max, il accumule les rapports d'incident ; et moi. Je n'ai jamais eu d'embrouilles ici. On connaît notre situation familiale et économique. Il n'y a pas autant de solidarité qu'on le dit aux infos, mais ce qui est sûr, c'est qu'on ne va pas emmerder quelqu'un qui est autant dans la dèche que soi-même.

Et pourtant là, plus je m'approche, plus je ralentis et plus je sens mon souffle court et une gêne au niveau du ventre. Ça m'énerve. Ça m'énerve qu'amener Christian ici me produise cet effet-là. Je n'ai pas à être embarrassé. Je n'ai pas à ressentir la moindre honte. C'est ma vie, un point c'est tout.

Je m'arrête quelques instants devant la tour. Coup de bol, il n'y a personne en bas. D'habitude, je dois me fader la conversation de trois ou quatre mecs – jamais de filles – à grands coups de clichés sur la musique, la police, la prison, les “je kiffe” et “je kiffe pas”. Il y a trois ou quatre ans, je trouvais ça cool. Maintenant, je trouve ça juste désolant. Mais ça ne veut pas dire que je vaux mieux qu’eux.

Christian ne souffle pas un mot tandis que nous montons la cage d’escalier – comme d’habitude le chat des Chalumet a encore pissé à tous les étages. On pourrait croire que ce sont des gens qui ont pissé – mais quand on vit ici depuis longtemps, on sait faire la différence. La pisse de chat, c’est beaucoup plus aigre et violent. La pisse humaine, c’est presque chaleureux comme odeur. De toute façon, personne ne pisse dans la cage d’escalier ici. Il y a bien eu quelques écarts il y a quelques années, ainsi qu’une tentative de monter les mecs des tours d’à côté contre ceux de la nôtre, mais ça n’a jamais vraiment pris. Nous savons très bien où est l’ennemi – et il n’est pas parmi nous.

Curieux, quand on y pense. L’ennemi, il pourrait être juste derrière moi.

L’ennemi, je pourrais entendre ses pas dans mon dos – son souffle aussi. Sauf que ce n’est pas mon ennemi. C’est mon ami. C’est mon meilleur ami.

On entend la télé chez les Lakhdar. Ils sont tous affalés devant les jeux débiles, comme tous les soirs. J’y allais, quand j’étais plus jeune. J’aimais bien m’asseoir dans leur canapé marron défoncé, au milieu de toute la smala. Mais ce n’est plus tout à fait pareil maintenant que les deux aînées sont mariées et que Khader est parti à l’armée. Mme Lakhdar m’invite encore, quand elle me croise sur le palier, je réponds que je viens bientôt, mais nous savons tous les deux ce que ça signifie. Les temps changent.

Une phrase, comme un coup de poignard – *maintenant que tu traînes avec les riches, tu n'en as plus rien à foutre de tes Arabes de voisin.* Tout mon être se rebelle. Ce n'est pas ça. Ce n'est pas ça du tout. Et en même temps, une toute petite voix, à gauche du cerveau, me susurre que ce n'est quand même pas tout à fait faux, non ?

J'ouvre la porte et je m'engouffre dans l'entrée. La décoration me saute aux yeux. D'habitude, je n'y fais pas attention. Les murs se sont couverts au fur et à mesure des années, si bien que c'est à peine s'il reste un morceau de papier peint sous les diverses lithographies, cartes postales sous verre et autres souvenirs de vacances. Le porte-parapluies en faux bronze. Le portemanteau choc et toc dans un coin du couloir. Le fauteuil en osier qui était le mien lorsque j'avais trois ans et sur lequel s'empilent maintenant les revues.

Je baisse la tête. Je voudrais sortir quelque chose de spirituel, dénigrer avec panache les goûts de ma mère, mais je sais aussi que ce serait une trahison – et je n'ai pas envie de la trahir aujourd'hui.

C'est Christian qui me sort de l'embarras. Il demande si on va rester longtemps comme ça, dans l'entrée. Je réponds que je ne sais pas si j'ai envie qu'il voie ma chambre.

— Écoute. Je suis content d'être ici. Je suis content de pouvoir t'imaginer dans ton décor quotidien. Je me suis souvent demandé comment c'était, chez toi.

— Eh bien, tu n'es pas déçu.
— Arrête. Je trouve ça chaleureux.
— N'importe quoi !
— Je te jure. Chaleureux. Moche mais chaleureux.
— Tu me rassures.
— Au fait, tu ne m'as pas dit comment tu trouvais ça chez moi. Attends, laisse-moi deviner. Riche et froid ?
— Un truc comme ça, oui. Confortable et impersonnel.
— Ouais. En fait, il faudrait un mélange des deux. Ici et chez moi.
— Euh… ça peut aussi donner moche et impersonnel !
— C'est un risque à prendre, non ? Enfin, de toute façon, c'est un risque que ta mère a pris. Et j'aime bien les gens qui prennent des risques.
— Arrête, on dirait ton père !
— Mon père prend des risques financiers. Les risques humains, il s'en fout.
— Partir avec sa secrétaire et laisser la famille en plan, c'est un vrai risque, Christian.
— Non. Pas quand on sait que la secrétaire est de toute façon consentante et qu'on traite la famille comme des dommages collatéraux.
— Ne sois pas trop dur avec ton père.
— Ni toi avec ta mère.
— Bon, on le prend, ce linge ?

Christian dans toute notre intimité. Parfois, cela me fait frémir. Christian, en train de trier les serviettes à prendre, d'enfourner les draps dans les sacs marins qu'on a amenés. Christian jetant un coup d'œil à la rangée de CD dans le salon, aux magazines dans le porte-revues. Christian entrant dans ma chambre et remarquant les volumes d'Harry Potter dont je n'ai pas eu le cœur de me débarrasser – je m'identifiais trop, sauf que Harry avait la chance d'être orphelin, lui, alors que moi, il me restait ma mère – j'ai honte maintenant d'avoir pensé ça.

Il s'assied sur le lit et pousse un soupir.

— Ça m'aurait plu, comme chambre.

— Arrête tes conneries.

— Non, je t'assure. La mienne, elle est bien, mais il n'y a jamais personne qui y vient. C'est une vraie single. Un truc de solitaire.

— Pareil, qu'est-ce que tu crois ? Je n'imagine même pas une fille dans ce décor. Avec ma mère, l'oreille collée contre la paroi.

— Elle ne ferait pas ça.

— Tu ne la connais que depuis deux jours !

— T'as quand même eu des aventures, non ?

J'éclate de rire.

— On trouve parfois que j'ai un vocabulaire curieux, mais alors toi, tu bats tous les records. Des aventures ? C'est quoi, ce mot ? J'ai déjà embrassé, oui, j'ai déjà caressé aussi, mais rien de plus si tu veux savoir.

— Moi je suis déjà allé plus loin, mais ce n'était pas une complète réussite. Elle était bien plus vieille que moi. À un moment, j'ai eu l'impression que c'était ma mère, ça te ferait retomber n'importe quel soufflé.

— Au lycée, il y en a plusieurs d'intéressées.

— Peut-être. J'ai pas la tête à ça en ce moment.

— Pourquoi tu es fils unique ? Une famille qui a du fric, ça fait plein d'enfants, non ? Nous, évidemment, c'est autre chose. Déjà que je suis une erreur…

— Mes parents ont essayé, il y a eu une série de fausses couches. Quand elle déraille gentiment, ma mère parle tout bas à la sœur que je n'ai jamais eue. Mais là, c'est quand elle en a vraiment un coup dans le nez, et qu'il faut la coucher. Je crois que c'est quand ils ont renoncé à agrandir la famille que tout s'est gâché entre mon père et ma mère. Mais bon, je brode sûrement. Disons que ça m'arrange de penser ça…

L'image d'Hélène, absente, assise à la table du salon, posant sur ma mère un regard de haine et de mépris. Je suis persuadé que Christian la voit aussi, et que c'est ce qu'il chasse d'un revers de la main. Tandis que j'ouvre la penderie et que j'en retire les quelques fringues auxquelles je tiens, il s'absorbe dans la contemplation du papier peint – hideux, le papier peint, un truc de gamin, avec des boussoles, des bateaux, des explorateurs.

— On va être un peu comme des frères si tu habites chez moi.

— Ta mère pense que la mienne est une employée des services sociaux. On sera plutôt comme le fils du maître de maison et celui de la domestique.

— Ils étaient souvent frères quand même, non ?

— Demi, seulement. Et puis ton père n'a pas couché avec ma mère !

— Alléluia ! Bon, d'accord, tu n'as pas envie d'être mon frère.

— Je suis ton ami, Christian. Tu connais la chanson, on choisit ses amis et rarement sa famille. Je n'ai pas envie d'être de ta famille. Je n'ai pas envie que tu sois de la mienne. Ça me repose que nous n'ayons pas de liens de sang.

Je n'en reviens pas.

De ma clarté. De la façon dont les explications, que je n'arrivais même pas à formuler correctement pour moi-même, sont sorties cohérentes et concises. Avec les mots que j'avais cherchés toute la journée. Christian me fixe en hochant la tête. J'ai réussi à l'impressionner. Je m'assieds à côté de lui. Je le prends par l'épaule – quelque chose que je n'ai encore jamais fait avec personne. Et grâce à ce geste-là, je trouve le dernier mot qui me manquait.

— Je t'épaule, Christian. C'est ce qu'on peut faire de mieux, toi et moi. S'épauler. S'aider.

— Comme au basket.

— Exactement. Faut seulement espérer que toute l'équipe ne va pas débarquer chez toi.

— Avec les mères de tous les joueurs.

— Et celle du coach !

— Putain, non, pas celle du coach…

5

— MAIS VOUS HABITEZ ENSEMBLE maintenant ou quoi ?

Celle-là, on y a eu droit dès la deuxième semaine – alors qu'on pensait y échapper et qu'on avait tout mis en œuvre pour l'éviter –, cette question-là et les sous-entendus qu'elle impliquait : "Mais alors, vous couchez ? Mais alors, vous êtes pédés ?" Et le reste. En y repensant, on aurait juste dû dire la vérité, simplement. Les gens sont toujours déstabilisés par la vérité. Après, ils ne cherchent pas la petite bête. Et puis, les gens sont aussi moins cons qu'on ne le pense. Ils comprennent que dans la vie, parfois, il y a des périodes bizarres, et qu'on fait ce qu'on peut pour les surmonter.

De toute façon, il a bien fallu la dire, la vérité. Parce que ça tournait au vinaigre, surtout au basket. Le charlot de Jérémie, il ne riait plus du tout. Il doit tellement avoir peur de sa sexualité, celui-là, qu'il était hargneux comme pas deux et multipliait les allusions lourdes. Jusqu'à ce que Christian demande un arrêt de jeu, en plein milieu d'un match contre les filles (qui avaient d'ailleurs l'avantage sur nous), monte sur les gradins et hurle dans le gymnase.

C'est ça. Hurle. Avec les mains en porte-voix.

Bon, c'était très théâtral, d'accord, mais c'était aussi très réussi.

Hurle que non, nous n'étions pas pédés.

Hurle que oui, nous habitions maintenant ensemble, lui, sa mère, la mienne et moi.

Hurle que nous l'aidions.

Hurle que son père avait laissé tomber sa famille pour courir la gueuse.

Hurle que sa mère était déprimée, sous cachetons, incapable de quoi que ce soit.

C'est à ce moment-là que l'entraîneur de l'équipe féminine est intervenue pour le faire taire et lui dire que ce n'était ni le moment ni le lieu. Mais c'était trop tard. Le bien était fait.

Le bien, oui. Parce que même si certains ont commencé à ricaner, ils se sont arrêtés vite. Parce qu'on a vu des filles en avoir les larmes aux yeux et qu'on a compris qu'on avait aussitôt grimpé dans leur estime – lui et moi –, parce que tout à coup, nous devenions des garçons sensibles, qui seraient à même de les comprendre et qu'elles avaient envie de protéger de la noirceur du monde. Parce que nos coéquipiers n'ont pas fait d'autres commentaires que des claques dans le dos et des bourrades dans les côtes. Parce que le coach a glissé “Super speech”, ce qui doit être le maximum de sympathie qu’il peut exprimer.

Et enfin, parce que, dès le lendemain, tout le lycée était au courant et que tous les mecs qui avaient des problèmes de parents séparés, divorcés, morts ou disparus sont venus voir Christian et lui apporter un soutien maladroit. À tel point qu’il a été obligé de mettre le holà et d’expliquer qu’il ne souhaitait être le porte-parole que de lui-même.

Deux jours après, les invitations pleuvaient. Nous pouvions être pris du samedi après-midi au dimanche soir et certains soirs de semaine également. À dîner, à dormir, à danser, à écouter de la musique, à refaire le monde dans les cafés, à utiliser des substances prohibées, à câliner, à caresser – les maîtres du monde. Beaucoup mieux que le peu de renommée qu’on peut glaner en gagnant au basket ou en organisant une fête. Christian surtout en était stupéfait. Lui qui avait été élevé dans l’idée que personne ne t’aide jamais dans la vie et que tu dois te forger ton destin à la force du poignet et sans faire confiance aux autres, il en restait bouche bée.

À la maison – enfin, chez Christian, mais les glissements de langue devenaient chez moi de plus en plus fréquents –, l’ambiance était à l’indifférence hostile, avec quelques échauffourées mais aussi quelques étincelles optimistes. Hélène tenait debout environ trois heures par jour. Elle avait fait comprendre à ma mère qu’elle ne gobait absolument pas son bobard de services sociaux et qu’elle savait qu’elle était la mère d'Alex, le copain de Christian. Et rien derrière – aucun remerciement, mais aucune menace non plus.

Les ordures avaient disparu. Les meubles avaient retrouvé leur utilité. Parfois même, on pouvait ouvrir les fenêtres – mais seulement à l'espagnolette, pour rafraîchir l'air. Ma mère avait encore peur qu'Hélène ne veuille se jeter par le balcon, mais vu le temps qu'il lui fallait pour se rendre au premier étage, elle n'avait quand même pas grand-chose à craindre.

Petit à petit, nous sommes entrés dans une routine. Une drôle de routine, bancale et décalée. Sans en parler vraiment, nous nous sommes partagé les rôles. Myriam s'occupait de l'intendance et du ménage, Christian des lessives (sauf de celles de ma mère) et de la vaisselle, et moi de la cuisine. Cette partie-là me revenait. Cela ne me changeait pas beaucoup. À la maison, c'était déjà moi qui étais aux fourneaux depuis deux ou trois ans – depuis un scandale que j'avais fait, un dimanche, quand Myriam avait brûlé le filet mignon pour la troisième fois d'affilée, alors que merde, le filet mignon, c'est impossible à rater. J'ai commencé petit, dans tous les sens du terme. Et puis graduellement, j'ai compliqué les choses – ce que j'adore, c'est concocter des plats géniaux à partir d'aliments bon marché. Joindre l'utile à l'agréable.

Christian jette un coup d'œil par-dessus mon épaule, parfois. Il demande des précisions sur une sauce ou sur une manière de cuire. Ou alors il se lance dans une conversation à bâtons rompus :

— Et pourquoi tu n'as jamais voulu en faire ton métier ?

— J'ai hésité, l'an dernier. Une seconde pro de cuisine. Mais je ne le sens pas trop. J'aime bien me faire plaisir et quand tu es dans un restau, la dernière personne à qui tu fais plaisir, c'est bien à toi.

— T'es un gros égoïste, en fait.

— Qu'est-ce que tu croyais ?

— Le contraire.

— Lave-moi cette casserole, là, au lieu de raconter des conneries.

— Le lave-vaisselle est en train de tourner.

— Eh bien utilise tes mains, ça changera.

Myriam fait semblant de ne pas nous regarder. Elle se cache derrière un magazine ou dans la contemplation des factures. Mais elle sourit. Je la vois sourire. Et je me demande depuis quand je ne l'ai pas vue sourire comme ça.

Hélène vient tirer sa tête de morue à tous les repas. Elle s'assied, elle soupire. Mais elle mange. Un peu. Elle prétend que tous les plats se ressemblent, mais je reconnais l'agression gratuite et inique. Je m'attends à ce qu'elle prononce notre bannissement tous les jours, mais elle n'en parle jamais.

Hier, elle a demandé à ma mère si elle avait une carte à la bibliothèque.

— Évidemment. Vous me prenez pour une illettrée ?

— Moi, je n'en ai pas.

— Parce que vous pouvez vous acheter tous les livres que vous voulez !

— Je pouvais. C'est fini maintenant. Ça ne change pas grand-chose parce que je n'en achetais pas, des livres. Mais là, ça me dit.

— C'est une bonne nouvelle !

— Même si je prends *Suicide, mode d'emploi* ?

— Il n'est pas en rayon.

— C'était une plaisanterie, madame.

— Vous ne voulez pas m'appelez Myriam ?

— Non, c'est moche comme prénom.

— Parce que Hélène c'est beau ?

— Hélène, ça fait penser à la Grèce.

— C'est à cause d'elle, la guerre de Troie, non ? Et puis, finalement, personne ne se souvient de ce qu'elle devient après. On se souvient d'Achille et de son talon, d'Ulysse et de son *Odyssée*, de deux trois autres et puis c'est tout.

— Que des hommes !

— Exactement.

— Je veux lire des romans dont les héroïnes sont des femmes.

— *Madame Bovary* ?

— Écrits par des femmes.

— C'est moins simple.

— J'ai tout mon temps. Enfin, quoique…

— Quoique quoi ?

— Il va peut-être falloir que je trouve du travail !

Ma fourchette est retombée bruyamment sur l'assiette. Christian s'est reculé de la table. Seule ma mère est restée imperturbable. Professionnelle jusqu'au bout des ongles.

— Ce n'est pas encore le moment. Une employée qui picole et avale des cachets, ça la fout mal.

— Je ne bois plus.

— Alors attendez d'avoir aussi arrêté les gélules.

— Et vous, vous reprenez le travail quand ?

— Vous croyez que je me tourne les pouces ici ?
— Sérieusement.
— Dans quatre jours. Mais je peux grignoter encore quelques heures. Vous ne vous débarrasserez pas de moi aussi facilement.
— Je n'ai aucunement envie de me débarrasser de vous !
Hélène s'est levée, royale, et est retournée dans sa chambre. Myriam a esquissé un sourire.
— Mine de rien, ta mère, elle a un caractère en acier trempé, Christian.
— Je ne l'ai jamais entendue parler comme ça.
— C'est-à-dire ? Comme un charretier ?
— Comme une femme normale.
— Euh… une femme normale ne parle pas comme ça non plus.
— Elle parle comme vous, Myriam.
— Personne n'a dit que j'étais normale.
Je me suis immiscé dans leur ping-pong. J'en avais marre de jouer les arbitres.
— Ah… enfin une parole sensée !
Ma mère s'est levée à son tour et m'a embrassé sur le front. Je n'ai pas esquivé. Et ensuite, comme si de rien n'était, elle est allée passer la main dans les cheveux de Christian, en nous lançant :
— Et maintenant, les garçons, aux devoirs !
D'un seul coup, j'avais huit ans. Sauf que, lorsque j'avais huit ans, j'étais tout seul avec ma mère. J'habitais un appartement. Et je n'avais pas d'ami.

Voilà, ça, c'était hier soir. Et ce soir, tout est calme. Les mères lisent en bas, allongées sur le canapé. Hélène s'est levée en début d'après-midi et apparemment, elle a enfilé son manteau et elle a lancé : "Bon, alors, on y va à la bibliothèque, infirmière ?" Maman m'a dit qu'elle avait eu un peu peur de la première sortie – peur qu'elle ne s'évanouisse ou qu'elle ne se mette à abreuver les passants d'insultes – mais Hélène s'est à peu près bien tenue, si ce n'est qu'elle s'est énervée à la bibliothèque parce qu'elle ne trouvait pas l'étagère des "S" qui était pourtant devant son nez. Elle a pris trois romans, conseillés par ma mère. Enfin, cela ne s'est évidemment pas passé aussi simplement. Maman a dit qu'elle aimait bien ces titres-là – un truc sur une concierge au QI super élevé, un autre sur une femme qui monte un restaurant toute seule, ma mère avait dressé une liste de livres intelligents et optimistes, du coup, la liste n'était pas très longue – et l'autre a évidemment émis des ricanements et des reniflements méprisants, avant de planter ma mère là pour aller ostensiblement feuilleter les magazines un peu plus loin. Ma mère a soupiré puis a vaqué à ses occupations. Elle s'est absorbée dans les quatrièmes de couverture, et quand elle a relevé la tête, Hélène était en train d'emprunter les romans que ma mère lui avait montrés. Comme une ado mal embouchée. Ensuite, elles ne se sont pas adressé la parole. Hélène s'est réfugiée dans sa chambre. Elle est ressortie juste avant le repas, elle a demandé si on avait le droit à un apéritif. Myriam ne s'est pas démontée. Elle a répondu oui, mais sans alcool. Hélène a levé les yeux au ciel mais elle s'est tout de même assise. Et elle a balancé : "Mais pour qui elle se prend, cette concierge, à juger les autres ?" Myriam n'a rien répliqué. À la place, elle a demandé à Hélène si elle ne voulait pas l'aider un peu à mettre la table. Christian et moi, nous étions dans le salon. Nous avons retenu notre souffle – prêts à intervenir. Mais Hélène a obtempéré. Et elle est revenue à l'attaque, sur la concierge au QI surdéveloppé.

Et maintenant, elles sont allongées sur les canapés – parce qu'ici, ils ont trois canapés dans le salon – et elles lisent leur roman respectif. Christian et moi, on a quitté la pièce sur la pointe des pieds et on est montés dans la chambre. La chambre où on a installé le lit qui ne servait à rien dans la chambre d'amis. Maintenant, la pièce est surchargée mais on fait avec. Christian m'apprend à jouer de la guitare. Je suis nul. Il ne s'énerve pas. Je me dis parfois qu'il ne s'énervera plus jamais. Cela fait trois semaines que nous habitons ici. J'ai l'impression que ça fait trois mois.

Mais il ne faut pas que je m'emballe. Il ne faut pas que j'oublie que tout ça, c'est du temporaire. Une parenthèse. Décalée. Étrange. Mais surtout éphémère. Bien se souvenir de ça. Éphémère.

6

— CE N'EST PAS FACILE, HEIN ?

— Je n'ai pas envie d'entendre cela.

— Qu'est-ce que tu as envie d'entendre ?

— Je crois que je n'ai pas envie de t'entendre, point.

Christian tourne les talons et entre dans la maison. Je suis là, le ballon de basket à la main. Je ne sais pas trop quelle attitude adopter. J'hésite entre le sourire niais et la mine d'enterrement. Je suis coincé entre les deux expressions – et entre les deux protagonistes.

Ce n'était pas à moi que Christian s'adressait. C'était à son père. Son père qui vient de faire une entrée inattendue dans le jardin, où nous étions en train de nous entraîner mollement à faire des passes et des dribbles. Il y a eu un crissement de pas sur le gravier de l'allée. J'ai cru que c'était ma mère qui venait nous voir et soudain, il était là, avec un petit sac à la main. Nous sommes restés figés tous les trois. Le père de Christian m'a salué courtoisement et m'a indiqué qu'il souhaitait avoir une conversation privée avec son fils. J'étais sur le point de les laisser tous les deux – pour aller où ? – quand Christian m'a retenu par le bras. "Alex reste là. Il est au courant de tout." Son père était sur le point de répliquer et puis il a abandonné. Je suppose qu'il savait qu'il n'était pas en position de force. Et qu'il venait en terrain ennemi. D'un seul coup, j'ai eu presque pitié de lui. Après tout, larguer les amarres, les femmes et les enfants d'abord, c'est un truc qui arrive tous les jours. Le mien, de père, n'a pas attendu que je sois au lycée pour se faire la malle. C'est là qu'il a lâché "Ce n'est pas facile, hein ?" et que Christian a quitté les lieux. Et maintenant, je me retrouve face à ce mec de quarante-cinq ans, légèrement bronzé, incapable de faire un mouvement. Il me pose des questions. Est-ce que Christian lui en veut ? Comment ça se passe avec sa mère ? Est-ce que tout va bien ? Je ne fais que hausser les épaules. On dirait un sourd et muet – ou un arriéré mental. Après quelques minutes, le père de Christian en conclut que, décidément, je n'en vaux pas la peine. Il monte les marches du perron et ouvre la porte d'entrée. Il disparaît. Aux dernières nouvelles, ma mère était dans le salon et Hélène se reposait dans sa chambre. Je lui emboîte le pas. Je sens mon cœur qui cogne. Tout est sur le point d'exploser.

Son père – ma mère.

Lui – interdit. Il en laisse tomber son sac de sport. Il s'attendait à trouver sa femme. Et une maison à l'abandon – la grand-mère de Christian, la mère de son père, celle qui habite à Orléans, avait téléphoné quelques jours auparavant alors qu'Hélène était dans une phase agressive, et la vieille en avait déduit que toute la vie de sa bru allait à vau-l'eau, ménage et repassage inclus. Elle n'avait pas tort. Elle avait simplement quelques jours de retard. La maison est nickel. On entend les ronronnements de la machine à laver et du lave-vaisselle. Il fait beau. Il est quatorze heures trente. Notre vie risque de basculer – encore.

— Qui êtes-vous ?

Faute.

Je le sens instinctivement, et curieusement, j'aurais envie de le protéger – lui, et pas sa victime, qui est pourtant ma mère. J'aurais envie de m'approcher de lui et de lui glisser doucement que ce n'est pas comme ça qu'il est censé s'adresser aux gens, maintenant, surtout ici, il n'est plus le maître des lieux – *je sais, c'est dur, si peu de temps s'est écoulé et pourtant, les habitants de ce radeau ont traversé des milles et des milles et vous n'étiez pas là, ils ne vous attendent plus*. Je voudrais lui faire comprendre qu'il risque gros, là, avec cette question prononcée sur un ton trop sec, comme un claquement de fouet, un de ces claquements de fouet qui font penser aux seigneurs et aux serfs, aux esclaves noirs américains, aux manants. *Ce n'est pas du tout le ton qu'il faut, monsieur, mais alors pas du tout.* Entre le boulot et la maison, il n'y avait avant qu'une mince ligne à franchir mais maintenant, c'est une tranchée, davantage même – un océan.

Et Myriam – qui n'a pas encore accompli toute sa révolution. Myriam qui reste apeurée par le mâle assuré. Apeurée et respectueuse de l'homme riche. Myriam qui recroqueville instinctivement les épaules, qui attend les coups. Je baisse les yeux, moi aussi. L'habitude. Et la honte de me sentir, mine de rien, dans le camp de l'homme. Il a raison aussi. Il est chez lui.

— Une amie. Et on ne parle pas comme ça à mes amies !

Elle a fait irruption dans le salon tout à coup. Droite. La mine sévère. Les yeux impitoyables. La joue tremblante. Elle s'est habillée à la hâte mais les vêtements tombent impeccablement sur sa silhouette. Elle s'était maquillée ce matin. Elle paraît ce qu'elle n'est pas – ferme et déterminée. Le mari marque le coup. Il fait deux pas en arrière. Il s'attendait à une loque. À une infortunée pleureuse. À une échevelée en furie. Mais pas à ce *self-control*. À cette froideur apparente, sous laquelle il sent, comme nous, la lave des insultes, blotties dans un coin de la gorge, et prêtes à sortir. Des serpents dans la bouche. Une Gorgone – on en a vu la représentation l'autre jour, en cours de français. Et maintenant, la voici en vrai – la Gorgone Hélène face à sa proie.

— Oh… Hélène… je…

— Tu ?

— Je…

— Tu venais reprendre tes affaires ?

— Oui… Enfin, non, pas exactement, enfin pas tout de suite, je…

— Elles sont dans le dressing. Tu m'excuseras de ne pas avoir repassé tes chemises.

— Je… C'est-à-dire que je pensais seulement prendre des nouvelles.

— Je vais bien. Tu as fixé une date pour le divorce ?

— Le divorce ?

— Le divorce, oui. Je te donnerai l'adresse de mon avocat. Qu'est-ce que tu croyais ?

— Rien, rien… mais nous aurions peut-être pu parler, non ?

— Pas sans la présence d'un avocat. Pour la garde de Christian, je pense qu'il est assez grand pour décider tout seul. La maison, elle est à moi de toute façon.

La rage, soudain. Celle qui déforme les traits.

Elle a touché le point faible. Le loup sans sa tanière n'est qu'un sans-abri frissonnant.

— Bien. Je vois que tu n'as pas perdu la tête.

— Pourquoi, c'est ce que tu espérais ?

— Je ne relèverai même pas. Pour l'argent que je te verse, nous…

— Disons que c'est un acompte sur la pension alimentaire que tu nous verseras, à ton fils et à moi.

Un ricanement. Ce type peut être parfaitement odieux.

— Même avec ça, tu n'y parviendras pas. C'est mon argent qui te fait vivre.

— Justement je pensais reprendre un travail.

— Reprendre ? Mais tu n'as jamais vraiment travaillé !

— Oui. Et je n'ai jamais vraiment eu d'amies, d'après toi. C'est juste que tu ne sais rien de moi.

— Nous n'allons pas commencer à laver notre linge sale en public.

— Non. Tu as raison. D'autant que je n'ai aucun linge à laver avec toi. Tu n'es pas le bienvenu. Au revoir. Christian, tu veux parler à ton père ?

— Non.

— Très bien. Donc, la conversation est close.

Elle disparaît à nouveau dans sa chambre. Christian file vers le premier étage.

Ne restent dans la pièce que les pièces rapportées – ma mère, moi et le père de Christian. Me passe par la tête l'idée que, dans une série américaine, ce serait le début d'une histoire entre nous trois. Finalement le père de Christian tomberait amoureux de Myriam, il m'adopterait et tout irait bien. Non. Dans les nouvelles séries américaines, en fait, je pèterais les plombs, je lui tirerais trois balles dans le cœur et je passerais le reste de mes jours en prison.

Mais là, c'est la réalité. Et la réalité, c'est autre chose.

La réalité, c'est le regard du père, qui balaie la pièce. La réalité, c'est qu'il se mord les lèvres parce que la rage est retombée et que ce qui reste, c'est l'impression d'un immense gâchis et le pire, c'est qu'il ne peut s'en prendre qu'à lui-même. La réalité, c'est sa façon de redescendre les trois marches du perron, les épaules affaissées et la tête qu'il redresse dans la rue. Je le suis des yeux. Sa voiture est garée un peu plus loin. Une grosse berline grise. À l'intérieur, une femme. Une femme qui va le consoler. Une femme qui va lui permettre d'envisager l'avenir avec des tonnes de justifications et de rationalisations. Des débuts de romans autobiographiques. *Tout le monde a droit à une deuxième chance et ma deuxième chance, je l'ai reconnue quand elle est passée près de moi. J'ai refait ma vie. C'est ça. J'ai refait ma vie. J'ai recomposé ma famille. Et aujourd'hui, tout va mieux.*

Je rentre dans la maison. Ma mère est assise à la table du salon, les yeux dans le vide. Elle me demande si je crois que nous avons bien fait. Je hausse les épaules. Je réponds qu'on ne fait jamais rien de vraiment bien. On fait seulement ce qu'on peut. Elle soupire. Elle dit :

— Qu'est-ce que tu es devenu sentencieux. Et sérieux. Ça ne t'arrive jamais d'être un peu léger ?

— C'est l'hôpital qui se fout de la charité !

— Justement. Je n'ai pas envie que tu me ressembles.

— Pourquoi ? T'es pas mal dans ton genre.

— Parce que je ne sais jamais vraiment profiter de l'instant présent.

— Tout a un début, non ? C'est quoi, le slogan déjà ? *Aujourd'hui est le premier jour du reste de ta vie* ?

— Connais pas. Mais c'est joli.

— On fait un basket ?

— Hein ?

— Quelques passes. Quelques tirs.

— Non mais ça ne va pas ?

— Ah là là... qu'est-ce que tu es devenue sentencieuse. Et sérieuse. Ça ne t'arrive jamais d'être un peu légère ?

Ma mère rit. À gorge déployée.

Un éclat soudain – qui la secoue des pieds à la tête. Et son rire est contagieux. Nous nous bidonnons dans le salon, et puis ensuite encore, dans le jardin.

Hélène apparaît sur le perron, suivie par son fils. Elle veut savoir ce qu'il y a de si drôle. Elle n'a que le temps de rattraper le ballon. Elle peste. Elle passe la balle à Christian et retourne à l'intérieur.

Elle ressort deux minutes plus tard, avec une vieille paire de baskets de son fils. Elle dit à Christian :

— Rappelle-moi de racheter des chaussures de sport !

Nouvelle salve d'hilarité – pour Christian et moi. Myriam et Hélène ne voient pas ce qu'il y a de drôle. Christian se plante devant sa mère, penche la tête et lance :

— "Des chaussures de sport" ? Mais personne ne parle plus comme ça depuis vingt ans, mon "trésor" !

Il rigole encore et oublie de se concentrer sur le jeu. Hélène passe la balle à Myriam qui court à l'autre bout du jardin et décide qu'il y a but. J'ai beau vociférer, faire comprendre qu'il y a au moins deux fautes à la fois – marché et trois secondes – et surtout qu'il n'y a pas de panier, rien n'y fait. Ma mère saute de joie en hurlant "On a gagné" et Hélène la rejoint. Elles se frappent dans les mains, on dirait des Poussines lors de leur premier match.

La suite, c'est un grand n'importe quoi. Elles veulent aller sur le terrain d'entraînement, près du lycée. Elles veulent faire un vrai match. Elles veulent nous montrer de quoi elles sont capables. Myriam met des baskets rose et gris qu'elle a achetées en soldes trois ans auparavant et que j'ai toujours refusé qu'elle porte en ma présence. Hélène porte un jogging jaune canari qui n'a jamais servi. Elles ressemblent à deux clowns. Elles nous foutent une honte pas possible. Mais évidemment, on cède. On s'aide. C'est ça. On s'aide.

Heureusement pour nous, il n'y a personne sur le terrain de sports. Le match débute à 2-0 pour elles parce qu'elles maintiennent qu'elles ont marqué un panier dans le jardin, alors même, j'insiste, qu'il n'y avait pas de panier. Mais bon. Nous la jouons grands princes. Nous accordons les points inexistants. La partie commence. Elle se terminera une demi-heure plus tard. Elles ne nous auront pas battus – évidemment, qu'est-ce que vous croyez ?

Mais elles n'auront pas été ridicules non plus. 24-16. Je ne comprends même pas comment, dans leurs accoutrements débiles, elles ont fait pour marquer huit paniers.

Si, en fait, je comprends. Elles nous ont fait rire. C'est leur arme secrète. Elles sortent des trucs complètement décalés, genre "Tu crois que tu me fais peur, mon trésor ?" (Myriam) ou "Ces chaussures de sport sont trouées" (Hélène) et alors, comme des crétins, Christian et moi, on se marre et elles en profitent pour nous déborder.

Au bout d'une demi-heure, nous sommes en sueur. Hélène s'allonge sur le terrain pour reprendre son souffle et Myriam s'allonge à côté d'elle.

Au bout d'une demi-heure, nous formons une équipe.

Peut-être pas une famille, parce que deux demi-familles, ça ne recrée jamais une vraie famille – surtout quand il n'y a pas de père.

Mais une équipe, oui.

Et une équipe, mine de rien, c'est sans doute plus solide qu'une famille. Plus solide, parce que plus solidaire.

Assis sur l'herbe, à côté de Christian, je regarde le soir qui descend. Je me demande où tout cela nous emmène. Et surtout, je ne regrette rien.

7

AOÛT, DERNIÈRE SEMAINE

JE SUIS ASSIS sur les marches du perron. Je regarde le jardin. Je regarde nos mères. Elles enlèvent les feuilles desséchées, elles arrachent les mauvaises herbes, elles arrosent, elles pestent contre le soleil. Elles se donnent les outils, comme des chirurgiennes de plates-bandes.

Je n'en reviens toujours pas. J'avais entendu parler des surprises que peut nous réserver la vie, mais le mot "surprise" était pour moi synonyme de "problème". Qu'est-ce que pouvait t'apporter la vie d'autre que des emmerdes supplémentaires qu'il allait encore falloir affronter ? De l'amour ? De l'amitié ? Je n'y pensais même pas. C'est ça qui est bien. Quand ça arrive au moment où tu t'y attends le moins.

Dans quatre jours, je retourne au lycée. En première ES. J'ai fait un troisième trimestre exceptionnel. Le prof principal a quand même fait remarquer que j'avais l'air d'être un pro du troisième trimestre réussi, mais ses collègues n'ont pas relevé. Ils pensaient déjà à leurs vacances. Christian, lui, a bifurqué total. Il était parti pour S mais sur la fiche de vœux qu'il a remplie pour le troisième trimestre, d'un seul coup, c'était devenu L – Littéraire. Je dois dire que ça a secoué tout le monde. Même moi, j'ai essayé de le raisonner. De lui dire que jouer son avenir à seize ans sur une révolte contre le père, c'était non seulement débile mais en plus très caricatural. Il m'a ri au nez. Il a dribblé et m'a dépassé par la droite. Panier. Comme d'hab. Maintenant, il réussit même les lancers à trois points. En tout cas, personne n'a pu le faire changer d'avis. Quand je lui ai fait miroiter qu'en première ES, il pourrait être dans la même classe que moi, il a répondu "Arrête, je te supporte déjà tous les soirs, je ne vais pas en plus me coltiner ta tronche toute la journée", mais juste après, il m'a mis les mains sur les épaules et m'a fait un clin d'œil, en ajoutant : "Je suis ma route. Ma propre route. C'est tout." Qu'est-ce qu'on peut répliquer à ça ? Le seul qui aurait pu encore lui faire barrage était aux abonnés absents. Christian avait revu son père deux ou trois fois, dans un café du centre-ville, il l'avait trouvé maladroit et gonflant et aussi manipulateur, intrigant et vindicatif. Jamais paternel, ce qui est quand même un peu dommage.

Christian n'est pas le seul à avoir bifurqué – d'une façon ou d'une autre, tous ceux qui gravitent autour de moi semblent s'être transformés. Hélène, surtout, bien sûr. Elle n'arrête pas de dire qu'elle a accompli sa révolution.

— Pas une révolution au sens Révolution française, avec prise de la Bastille, 14 Juillet, tout ça pour se terminer avec la Terreur et Napoléon, tu parles d'un truc, non, une révolution au sens de la Lune qui fait sa révolution autour de la Terre.

— C'est-à-dire que tu as juste tourné sur toi-même !

— Oui, mais c'est comme cette super héroïne, là, celle avec son manteau rouge, sa couronne et ses paillettes, je suis totalement transformée.

— N'exagère quand même pas, maman.

Christian réplique pour la forme, mais en fait, elle n'exagère qu'à peine. Il lui a fallu encore quelques semaines pour tenir debout vraiment et abandonner ses lunettes de soleil le soir, mais elle est allée de mieux en mieux. Et c'est extraordinairement émouvant, quelqu'un qui se redresse. Quelqu'un qui relève la tête, petit à petit, et se met à regarder droit devant, sans ciller. Je suis content d'avoir assisté à ça, dans ma vie. Une éclosion. Et tant pis pour les cyniques qui trouveront ça ridicule.

Ma mère a repris le travail peu après la première partie de basket – parce qu'il y en a eu d'autres, elles nous battent parfois, mais c'est parce que nous les laissons gagner –, mais la terre était déjà ferme sous les pieds d'Hélène. Un jour, à la fin du mois de mai, Hélène nous a invités au restaurant, elle nous a annoncé qu'elle avait trouvé du travail. Elle avait rencontré ce type avec qui son mari s'était brouillé quelques années auparavant, qui bossait dans les assurances. Il avait besoin d'aide au bureau, elle avait accepté. Mais elle prévenait d'avance, ce ne serait que temporaire. Travailler dans les assurances, ce n'était pas très gratifiant. Elle, ce qu'elle voulait, c'était du lien social, des actions caritatives.

— Des bonnes œuvres ! a raillé ma mère, et elle s'est ramassé un morceau de pain en pleine figure.

Ce qui ne l'a pas empêchée de continuer :

— Passe ton diplôme d'infirmière. Tu vas voir, là, tu es sous-payée, harassée mais tout le monde te félicite d'avoir choisi un métier aussi utile !

— Et pourquoi pas ? À une seule condition, que tu le passes avec moi.

— Pardon ?

— Absolument.

— Hors de question.

Sauf que l'idée fait son chemin, en souterrain.

Un autre soir, c'est ma mère qui nous a invités à la pizzeria. Elle était amoureuse et tenait à nous le faire savoir. Hélène a fait la gueule toute la soirée et Myriam n'a pas arrêté de la vanner et de la traiter de lesbienne jalouse. L'aventure de ma mère n'a pas duré longtemps, mais les effets en ont été très bénéfiques. Très bénéfique aussi la passade d'Hélène avec un employé des Postes, délégué syndical. Nos mères mûrissent et s'intéressent au monde autour d'elles. Elles se sont juré aussi qu'aucun homme ne resterait à demeure dans notre demeure. Officiellement, parce qu'il faut protéger les garçons. On ne sait jamais – ils pourraient s'attacher et découvrir une figure paternelle aussi idéale qu'illusoire.

— Et d'ailleurs, vos amours, vous en êtes où, vous ? C'est Hélène qui veut savoir ça.

Aucune réponse précise. Et pour cause. Christian ne tient pas à ce qu'elle sache qu'une des raisons principales de son soudain désir de passage en première L, c'est Éléonore. Éléonore qui joue dans l'équipe féminine et qui est restée abasourdie – c'est l'adjectif qu'elle a utilisé, "abasourdie", et pas pour prouver qu'elle a du vocabulaire, simplement parce que c'est sa façon de parler – par le cran manifesté par Christian au moment de sa déclaration dans la tribune. Elle est allée le voir quelques jours après pour le féliciter de son courage. Elle lui a dit qu'elle l'avait "mésestimé" jusque-là. Qu'elle l'avait catalogué comme un de ces gamins gâtés qui ne rêvaient que de commerce et qui n'avaient au fond pas grand-chose à dire. Elle faisait "amende honorable". Christian n'a rien répliqué. Il a rougi un peu – je sais, j'étais à côté de lui, en train de me demander quand j'avais, pour la première fois, entendu l'expression "amende honorable" utilisée à l'oral.

Ils sont ensemble. Enfin – pas exactement. Ils se voient. Ils se "fréquentent" dirait ma mère. Il passe chez elle parfois après les cours. Ils vont au cinéma. Ils se retrouvent dans des endroits où personne ne peut les troubler. Ils se testent. Ils se domestiquent. Je devrais être jaloux. Mais en fait, non. J'ai cherché à comprendre pourquoi. J'en suis arrivé à la conclusion qu'on ne devient jaloux que lorsqu'on risque de perdre quelqu'un et, même si c'est présomptueux de ma part, je ne crois plus que je puisse perdre Christian.

On perd ses copains, parfois. On ne perd jamais celui à côté de qui on a grandi. Son autre. De toute façon, nous vivons dans la même maison – et pour longtemps encore.

Et puis les choses bougent pour moi aussi. Sauf que je ne me fixe sur personne et que personne ne se fixe sur moi. J'ai eu plusieurs aventures de quelques jours, ponctuées de messages enflammés sur MSN ou sur SMS, de quelques moments chauds pour les chairs, et de ruptures brutales. Je fais mon chemin aussi, ce n'est pas le même que celui de Christian – nous nous construisons différemment, mais l'intérêt, avant tout, c'est de se construire. Et de s'épauler.

Ma mère m'a déjà croisé avec une de mes conquêtes, mais quand elle a voulu me sortir les vers du nez, je lui ai expliqué que c'était déjà terminé depuis deux jours et que j'avais quelqu'un d'autre en vue. Elle a fait mine de s'offusquer, mais au fond, je crois qu'elle était plutôt contente. Son “trésor” n'allait pas l'abandonner tout de suite – et puis, elle, elle n'avait pas assez connu ces expériences-là et elle l'avait longtemps regretté.

Maintenant, elle non plus, elle ne regrette rien. Et elle est contente.

C'est ça, le plus ahurissant pour moi – son contentement. Son sourire. Sa façon de siffler quand elle descend de sa chambre (elle a annexé la chambre d'amis qui ne servait plus de toute façon), quand elle prépare le petit-déjeuner et qu'elle s'en va au boulot.

Sa manière de chantonner quand elle revient le soir et qu'elle fouille dans le frigo à la recherche d'un morceau de fromage tout en me demandant ce qu'on mange ce soir. Parce que ça, ça n'a pas changé d'un poil. C'est toujours moi qui fais la cuisine. Les trois autres sont nuls.

Parfois, elle vient voir les matchs. Avec Hélène. Je suis sûr qu'il y a des gens qui jasent et qui les traitent de tous les adjectifs dont on affuble les lesbiennes – mais elles n'en ont rien à faire, et nous non plus. On ne craint que ce qui a un fond de vérité – et quand bien même, quelle honte y aurait-il ?

Quand elles viennent, Christian et moi, on gueule dans les vestiaires. "Qu'est-ce qu'elles font encore là ? Elles ne peuvent pas rentrer chez elles ?" Sauf qu'en fait, tous les joueurs de l'équipe vont les embrasser avant le début du match – alors que nous, on se contente d'un signe de la main de loin. Et de notre fierté cachée. Parce que, tout au fond, nous sommes contents qu'elles soient là.

Il ne faudrait pas croire non plus que nous ayons trouvé le paradis sur terre. Il y a régulièrement des tensions entre mères et fils, entre mère et mère et même entre fils et fils. Il y a des insultes envoyées à travers les pièces, des baffes qui se perdent et des portes qui claquent. Il y a des rechutes aussi – comme lorsque le père de Christian est venu avec ses amis chercher la moitié des meubles et qu'Hélène n'a pas voulu aller faire un tour pendant ce temps-là. Les apprentis déménageurs n'arrêtaient pas de s'excuser, mais elle ne les entendait même pas. Elle avait les bras croisés au pied de l'escalier et la mine défaite. Ce jour-là, Myriam n'a pas voulu s'en mêler. Je ne sais pas exactement comment c'est arrivé, mais maintenant, ma mère sent les situations. Elle qui a si souvent mis les pieds dans le plat et qui parlait comme elle avait le nez fait est devenue au fil des semaines quelqu'un de délicat. Elle dit qu'elle voit aussi le monde au travers des yeux d'Hélène, comme Hélène le voit au travers des siens. Elles se complètent.

Ce qu'il y a de bien, c'est qu'après les moments de crise, il y a maintenant aussi des moments de répit. Des instants de tendresse. Et de rire. Comme le lendemain du demi-déménagement, quand Myriam a décidé d'emménager totalement chez Hélène et donc, de faire venir nos meubles. Elle a convoqué en une semaine une cohorte improbables d'infirmiers, d'aides-soignantes et de brancardiers tandis qu'Hélène s'assurait du concours d'une demi-douzaine de bourgeoises progressistes, parfois flanquées de leurs maris. Et tout ce beau monde au pied de notre bâtiment, devant les yeux ébahis des voisins qui n'y comprenaient rien.

J'ai voulu rester un moment dans l'appartement vide. Me rendre compte à quel point ma vie avait changé. Je déambulais de pièce en pièce. Je ne retrouvais aucune trace de mon passé – j'étais trop aspiré par l'avenir. J'étais sur le point de partir quand Éléonore est arrivée. La porte d'entrée était ouverte. Nous étions face à face dans le couloir.

— Je cherchais Christian.
— Il vient de partir.
— Toi aussi ?
— Pardon ?
— Toi aussi, tu viens de partir ?
— Euh… Oui. Nous emménageons chez Christian.
— C'est bien.
— C'est bizarre.
— Mais c'est bien.
— Tu me déçois, Éléonore.
— Hein ?
— Normalement, tu dois utiliser toute une palette de mots étranges, mais pas seulement "bien". "Bien", ce n'est pas assez bien pour toi.

Elle s'est mise à rire en secouant la tête.

— OK, alors essayons autre chose. C'est… fantastique.
— Bof !
— Oui, tu as raison. C'est… excellent, dynamisant, positif, super, cool, non, je ne trouve pas, il faudrait un adjectif qui parle d'un nouveau départ, des perspectives d'avenir et de la tête qui tourne un peu, c'est un peu comme un décollage en avion, mais il n'y a pas d'adjectif pour le décollage.
— Décollant ?

Elle m'a regardé, interdite. Elle était sur le point de me rétorquer que ça n'existait pas comme mot, et puis elle a souri. Un vrai sourire de connivence. J'ai su à ce moment-là que nous ne nous ferions jamais la guerre, elle et moi – et que même si un jour, comme c'était probable, Christian et elle se séparaient, nous resterions elle et moi en bons termes et que nous nous retrouverions de temps à autre dans un restaurant indien ou chinois à faire le point sur nos vies respectives.

— OK. "Décollant". Ça me plaît, ça, "décollant".

"Décollant" – comme au basket. "Décollant" – cette impulsion qu'on prend juste avant le panier. Le moment où les pieds quittent le sol et où la balle touche encore à peine les doigts. Elle se détache petit à petit, irrésistiblement poussée vers le cadre sur lequel elle va rebondir doucement pour finalement descendre marquer les points. Le moment où, en fermant les yeux, on peut croire que l'ascension ne cessera jamais et qu'on restera ainsi toute sa vie, en apesanteur, quelques centimètres au-dessus des autres.

"Décollant" – comme ce moment banal, cette fin d'après-midi d'été où je regarde ma mère et celle de Christian en train de nettoyer le jardin des mauvaises herbes et tenter de redonner vie aux plantes desséchées. Christian est à l'intérieur, j'entends les notes de la guitare qui s'égrènent sur le balcon. Il viendra me rejoindre tout à l'heure.

Mes mains autour du ballon de basket que je suis allé chercher. Le contact un peu rêche du cuir. Les lignes qui le divisent. Je me lève. Je descends la volée de marches.

Je fais rebondir le ballon. Une fois. Deux fois. Le son mat sur les dalles. Je ferme les yeux. J'imagine nos vies à venir. L'incertitude, la peur et aussi l'espoir. Trois fois. Quatre fois. Le frisson débute dans le bas du dos. Les rayons du soleil sur mon visage.

Et là, au dernier rebond, je décolle.

L'AUTEUR

Jean-Philippe Blondel est né en 1964, il est marié, il a deux enfants et il enseigne l'anglais dans un lycée de province depuis bientôt vingt ans. Il a aussi un vice – il aime lire. Pire encore, il aime écrire. Il a publié six romans jusqu'à présent, les deux premiers aux éditions Delphine Montalant et les quatre suivants chez Robert Laffont (*This is not a love song*, 2007).

Au rebond est son deuxième livre pour la jeunesse après *Un endroit pour vivre* (Actes Sud Junior, collection "D'une seule voix", 2007).

Achevé d'imprimer
en décembre 2008
par l'Imprimerie Floch à Mayenne
pour le compte des éditions
ACTES SUD
Le Méjan
Place Nina-Berberova
13200 Arles.

Dépôt légal : décembre 2008
N° impr. : 72681
(Imprimé en France)